翻开一部书

上下五千年

林汉达 成语故事

躲在秦朝的成语

林汉达 著

王晓鹏 绘

北方联合出版传媒（集团）股份有限公司

万卷出版公司

·沈阳·

ⓒ 林汉达　王晓鹏　2018

图书在版编目（CIP）数据

躲在秦朝的成语 / 林汉达著；王晓鹏绘.— 沈阳：万卷出版公司,2018.8
（2020.9重印）

（林汉达成语故事）

ISBN 978-7-5470-4961-7

Ⅰ.①躲… Ⅱ.①林…②王… Ⅲ.①汉语－成语－
故事－儿童读物 Ⅳ.①H136.31-49

中国版本图书馆CIP数据核字（2018）第124684号

出 品 人：王维良
出版发行：北方联合出版传媒（集团）股份有限公司
　　　　　万卷出版公司
　　　　　（地址：沈阳市和平区十一纬路 25 号　邮编：110003）
印 刷 者：三河市人民印务有限公司
经 销 者：全国新华书店
幅面尺寸：165mm×230mm
字　　数：130 千字
印　　张：11
出版时间：2018 年 8 月第 1 版
印刷时间：2020 年 9 月第 8 次印刷
责任编辑：齐丽丽
责任校对：尹葆华
封面设计：范　娇
版式设计：范　娇
ISBN 978-7-5470-4961-7
定　　价：29.80 元
联系电话：024-23284443
邮购热线：024-23284050
传　　真：024-23284521

怀念林汉达先生

周有光

林汉达先生（1900—1972）是我的同道、同事和难友。他是一位教育家、出版家和语文现代化的研究者。他一生做了许多工作，例如向传统教育挑战、推进扫盲工作、研究拼音文字、编写历史故事、提倡成语通俗化，等等。

1941年，林先生出版他的教育理论代表作《向传统教育挑战》，一方面批判地引进西方的教育学说，一方面向中国的传统教育提出强烈的挑战。他认为，要振兴中国的教育，必须改革在封建社会中形成的教育成规。在教学中，"兴趣和努力"是不应当分割的，"兴趣生努力，努力生兴趣"。他在半个世纪以前发表的教育理论，好像是针对着今天的教育实际问题，仍旧值得我们学习和深思。

1942年他出版《中国拼音文字的出路》，对拼音文字的"正词法"和其中的"同音词"问题，提出了新见解，使语文界耳目一新。他用"简体罗马字"译写出版《路得的故事》和《穷儿苦狗记》，在实践中验证理论。

1952年，教育部成立"扫除文盲工作委员会"，林先生担任副主任。他满腔热忱、全力以赴，投身于大规模的扫盲工作。他重视师资，亲自培训扫盲教师，亲自编写教材。

林先生认为语文现代化是教育现代化的必要条件。语文现代化的首要工作是"文体口语化"。文章不但要写出来用眼睛看得懂，还要念出来用耳朵听得懂，否则不是现代的好文章。他认为历史知识是爱国教育的必要基础。20世纪50年代后期开始，他把主要精力放在编写通俗的历史故事上。这一工作，一方面传播了历史知识，一方面以身作则，提倡文章的口语化。

林先生曾对我说："我一口宁波话，按照我的宁波官话来写，是不行的。"因此，他深入北京的居民中间，学习他们的口语，写成文稿，再请北京的知识分子看了修改。一位历史学者批评说，林先生费了很大的劲儿，这对历史学有什么贡献呢？但是，这不是对历史学的贡献，这是对教育和语文的贡献。"二十四史"有几个人阅读？中国通史一类的书也不是广大群众容易看懂的。中国青年对中国历史了解越来越贫乏。历史"演义"和历史"戏剧"臆造过多。通俗易懂而又趣味盎然的历史故事书正是今天群众十分需要的珍贵读物。

他接连编写出版了《东周列国故事新编》《春秋故事》《战国故事》《春秋五霸》《西汉故事》《东汉故事》《前后汉故事新编》《三国故事新编》《上下五千年》（由曹余章同志续完，香港版改名为《龙的故事》），用力之勤，使人惊叹！这些用"规范化普通话"编写的通俗历史故事，不但青年读来容易懂，老年读来也津津有味，是理想的历史入门书。这样的书，在我们这个历史悠久的文明古国里，实在太少了。

在编写历史故事的时候，他遇到许多"文言成语"。"文言成语"大多是简洁精辟的四字结构，其中浓缩着历史典故和历史教训。有的不难了解，例如"大题小做""后来居上""画蛇添足"。可是，对一般读者来说，很多成语极难了解，因为其中的字眼生僻，读音难准，不容易知道它的来源和典故，必须一个一个都经过一番费事的解释，否则一般人是摸不着头脑的。例如"惩前毖后""杯弓蛇影""守株待兔"。文言成语的生涩难懂妨碍大众阅读和理解，是不是可以把难懂的文言成语改得通俗一点儿呢？林先生认为是可以的，而且是必须的。他从1965年到1966年，在《文字改革》杂志上连续发表《文言成语和普通话对照》，研究如何用普通话里"生动活泼、明白清楚"的说法，代替生僻难懂的文言成语。他认为，"普通话比文言好懂，表现充分，生命力强，在群众嘴里有根"。

为了语文教育大众化，他尝试翻译中学课本中的文言文为白话文。例如《文字改革》杂志1963年第8期刊登的他的译文《爱莲说》。他提倡大量翻译古代名著，这是"五四"白话文运动以来做得很不够的一个方面。把文言翻译成为白话，便于读者从白话自学文言，更深刻地了解文言，有利于使文言名著传之久远，同时也推广了口语化的白话文。

林先生说，语文大众化要"三化"：通俗化、口语化、规范化。通俗化是叫人容易看懂；口语化就是要能"上口"，朗读出来是活的语言；规范化是要合乎语法、修辞和用词习惯。

周有光，原名周耀平，中国著名语言学家，汉语拼音方案的主要制订者，并主持制订了《汉语拼音正词法基本规则》，被誉为"汉语拼音之父"。

本文节选自周有光先生2000年所作《怀念林汉达先生——林汉达诞辰100周年》。

河伯为患

　　战国时期，魏文侯派西门豹管理邺城（邺 yè），邺城夹在韩国的上党和赵国的邯郸（hán dān）之间，地理位置十分重要。

　　西门豹到了邺城，一瞧那地方非常萧条，人口也挺稀少，好像刚打过仗，逃难的居民还没有回来的一座空城似的。他就把当地的老百姓召集到一块儿，问他们："这个地方怎么这么凄凉啊？老百姓一定有什么苦楚吧？"百姓们回答："可不是吗！河伯娶妻，害得大家全都逃了。"西门豹一听，摸不清是怎么回事，又问："河伯是谁？他娶媳妇，老百姓干吗要跑呢？"老百姓说："这儿有一条大河叫漳河，漳河里的水神叫河伯，他最喜欢年轻的姑娘，每年都要娶个媳妇。这儿的人必须挑选模样好的姑娘嫁给他，他才保佑我们风调雨顺、五谷丰登。不然，他就要兴风作浪，发大水把这儿的庄稼都淹了，甚至还要淹死人呢！"西门豹问："这是谁告诉你们的？"他们说："是这儿的巫婆，她手下有好多女徒弟，她跟当地的乡绅里长一起出头给河神办喜事。我们这些小老百姓一年之中要凑齐好几百万钱，其中二三十万他们用来给河伯娶媳妇，剩下的就全进了他们自己的腰包了。"

西门豹听了很生气，不过他装作没听懂，问："那也不至于举家逃跑哇！"老百姓继续解释说："要是单

单为了这笔钱，还不太要紧。最怕的就是每年春天，巫婆会打发她手下的人挨家挨户去看。瞧见谁家的姑娘长得好看一些，就说'这个姑娘今年给河伯当媳妇'。这个姑娘就该送命了。有钱的人家可以拿出一笔钱来赎身，没钱的人家哭着求着，至少也得送她们一点儿东西。实在穷苦的人家只好把女儿交出去。每年到了河伯娶妻那一天，巫婆把选来的姑娘打扮成新娘子，搁在一张苇子编的小船上。那时候岸上还吹吹打打，挺热闹的。然后把小船推进河里，任它随波漂去。漂了一会儿，连船带新娘子就被河伯接去了。为了这档子事，好些有女儿

河 伯

古代神话中的黄河水神。原名冯夷。传说他在过河的时候被淹死了，就被天帝任命为河伯，管理河川。变成水神的他鱼尾人身，头发是银白色的，眼睛和身上的鳞片好像流光溢彩的琉璃。

《九歌·河伯》中记载的河伯是位风流倜傥的公子："鱼鳞屋兮龙堂，紫贝阙兮朱宫，灵何为兮水红。"

的人家都搬走了，这里的人也就越来越少了。"

西门豹问："你们这儿老闹水灾吗？"他们说："全仗着每年给河伯娶媳妇，才没碰上大水灾。有时候夏天缺雨，庄稼旱了倒是难免的。要是巫婆不给河伯办喜事，除了旱灾，又得加上水灾，那就更不得了啦！"西门豹故意说："这么看来，河伯倒是挺灵的。下回他娶媳妇的时候，你们告诉我一声，我也去给河伯道个喜。"

到了河伯娶妻的日子，西门豹带着几个武士跟着父老去"送亲"。当地的里长和办婚礼的人，没有一个不到的。西门豹还派人去通知了那些过去把女儿嫁给河伯的人家，让他们都来看看今年的婚礼。附近的老百姓都来看热闹，一时聚了好几千人，真是人山人海。里长带着巫婆来见西门豹，西门豹一看，原来是个三分像人，七分像鬼的老婆子。在她后面跟着二十几个徒弟，手里拿着香炉、蝇甩什么的，西门豹说："劳烦巫婆叫河伯的新媳妇过来让我瞧瞧。"巫婆就叫女徒弟把新娘子领来。只见她们搀着一个十四五岁的小姑娘走了过来。小姑娘哭个不停，脸色苍白，涂的胭脂粉已经被眼泪冲去了大半。

西门豹对大伙儿说："河伯媳妇必须是个美人。这个小姑娘我瞧还真配不上河神。烦巫婆劳驾先去跟河伯说太守打算另外选一个更好看的姑娘，明天送去。请你快去快回，我在这儿等你回信。"说着，他命武士们抱起那个巫婆，扑通一声，扔进河里去了。岸上的人都吓得大气不敢出。那巫婆在河里挣扎了一会儿，就沉了下去。西门豹站在河岸上，静静地等着。站在岸上的人都张着嘴，顺着西门豹的眼睛向河心盯着。好几千人都没有声音，只有河水哗哗哗地响着。

过了一会儿，西门豹说："巫婆上了年纪，不中用了。去了半天，还不回来，你们年轻的女徒弟去催她一声吧！"

说着就听扑通、扑通两声，两个领头的女徒弟又被武士们扔进漳河里去了。大伙儿吓得一会儿望向河心，一会儿看看西门豹的脸，忍不住喊喊喳喳议论开了。又过了一会儿，西门豹说："女人不会办事，还是烦请张罗这亲事的善士们辛苦一趟吧！"那几个经常勒索老百姓的乡绅刚想逃跑，早被百姓挡住，被武士们抓住了。他们还想挣扎，西门豹大声呵斥着说："快去，跟河伯讨个回信，赶紧回来！"武士们不由分说，把他们一个个也推进了河里。西门豹冲着漳河行个礼，又毕恭毕敬地等了一会儿。看热闹的人有的害怕，有的高兴，有的直咬牙，可是谁也不愿意走开，都想看个究竟。

西门豹回头又说："这些人怎么这么没有用？我看还是烦请里长们替大家伙儿辛苦一趟吧！"一旁，那几个里长吓得脸上都没有了血色，冷汗直流，哆哆嗦嗦地跪在西门豹面前直磕头，脑门子都磕出血来了。西门豹大声对他们说："什么地方没有河？什么河里没有水？水里哪有什么河伯，你们瞧见过吗？罪大恶极的巫婆，欺压百姓的土豪，利用迷信，搜刮百姓的钱财，杀害他们的儿女。你们这些人，不但不去制止他们，怎么还跟着他们一起兴风作浪，助长这种野蛮的风俗？你们害了多少姑娘，应不应该偿命？"一大群百姓嚷着说：

"太应该了！这批该死的坏蛋，早就该定罪了。"那几个里长连连磕头，说："都是巫婆干的勾当，我们也是受了她的欺骗，不是成心想那样做的。"西门豹说："如今害人的巫婆已死，以后谁要是再胡说八道什么河伯娶妻，就叫他先去跟河伯见面。"老百姓都嚷着说："对，把他扔到河里去！"

西门豹把巫婆和土豪们的财产都分给了老百姓。打那儿起，河伯娶妻的迷信破除了，以前逃走的那些人家又慢慢回到邺城来了。

西门豹命水工测量地势，动员百姓开了十二道水渠，引漳河的水灌溉庄稼，把荒地变成了良田。一般的水灾和旱灾很少发生。老百姓安居乐业、五谷丰登。邺城越来越安定，百姓也越来越富足。

河伯为患

《抱朴子》里记载着一个传说，曾经有个叫作冯夷的人，因为渡河的时候不小心淹死了，所以天帝就封他为河伯。在魏文侯的时候，发生了这个和河伯有关的故事。

后来，这个成语指信奉歪门邪道的不良风气。

lì mù nán mén
立木南门

　　战国的时候，有七个势均力敌的大国——齐、楚、燕、韩、赵、魏、秦，世称"战国七雄"。

　　自从齐威王朝见了周天子，楚、魏、赵、韩、燕一致推举齐威王为霸主。因为秦国在西方，中原诸侯都把它看作戎族，多少年来很少与其来往。秦国在政治、经济等各方面原本就比中原各国落后，又被迅速崛起的魏国夺去了河西的一大片土地。严峻的形势逼得秦国不得不有所改革。

　　公元前361年，秦孝公即位。这时的秦国已经开始强盛了起来。秦孝公认为秦国已经具备了实力，就打算向中原扩张。他首先想到的是招募人才，他下了一道命令："不论是本国的人还是外来的客人，只要是能想出

来办法叫秦国富强起来的，就重用他，封给他土地。"

秦孝公这道真心实意搜罗人才的旨令，吸引了一个贵族的注意，他叫公孙鞅，又称卫鞅。他在年轻的时候就很仰慕法学家们的改革精神。到了壮年，他跑到魏国，却没被重用。这回他到了秦国，托秦孝公的一个宠臣景监把他引荐给秦孝公。他先跟秦孝公说了一通大道理，秦孝公听了一半，连打了几个哈欠。末了，索性直接打起了瞌睡。

第二天，秦孝公对宠臣景监说："你怎么把这种迂腐的人介绍给我？说的全是废话！"景监把这些话告诉了卫鞅，卫鞅说："烦您再去替我通融一下，我已经知道了主公的心意。这次保证他能听我的主意。"

过了几天，景监又请秦孝公约会卫鞅，秦孝公勉强答应了。这回卫鞅一见秦孝公就说："我上回说的是王道，主公要是不喜欢，我就说个霸道的给您听听。"秦孝公听见"霸道"两字，就像小孩儿听说有糖吃，高兴起来，说："倒不是我反对王道，只不过要施行王道，怎么也要好好干上一百年，至少也要几十年，才能有点儿成效。我哪里等得起呢？你有什么富国强兵的办法快跟我说说吧！"

于是卫鞅建议秦孝公实行改革，他说："一个国家想要富，就得重视农业；要强，就得奖励将士；有了重

赏，老百姓就能拼命；有了重罚，老百姓就不敢犯法；有赏有罚，朝廷才有威信，一切改革也就容易进行了。"秦孝公完全同意，于是便命卫鞅制订改革计划。

秦国的贵族和大臣们听说秦孝公打算重用卫鞅，改革制度，把农民和将士的地位大大提高，都出来反对，弄得秦孝公左右为难。他一边赞成卫鞅改革，一边又担心自己刚刚即位，反对的人太多会惹出乱子来，因此只好搁置。

过了两年多，秦孝公越想越觉得改革对秦国有利，而此时自己的君位也坐稳了，便拜卫鞅为左庶长，进行变法。他对大臣们说："从今往后，变法的事全由左庶长拿主意，谁敢违抗他，就是违抗我！"那些反对变法的人听了，都缩短了脖子，不敢乱说话了。

公元前359年，卫鞅起草了一个初步变法的法令，呈献给秦孝公看。秦孝公完全同意，叫他去发布告，让全国的人都依法去做。卫鞅唯恐人家不信任他，不遵守新法，就想出了一个办法。他让人在南门立下了一根木头，颁布了一个命令："谁能把这根木头扛到北门去，就赏他十两金子。"

不一会儿，南门口就围了一大堆人，交头接耳、议论纷纷。有人说："这是成心跟咱们开玩笑呢。"有的说："这根木头，我最小的儿子都扛得动，哪里用得着十两金子？"大伙儿瞧瞧木头，又瞧瞧别人，都想看看谁有这傻劲去上当。卫鞅一听尽是瞧热闹的，没有一个敢扛的，他一下子把赏钱加了五倍，说："能扛到北门去的，就赏他五十两金子。"这么一来，更是没有人敢碰了。

大伙儿正在出神的时候，忽然人群里钻出个人来。这人愣头愣脑地瞅了半天，说："我能扛得动。"说着，他果真把木头扛起来就走。大伙儿闪开一条道，像小孩儿看耍猴似的，嘻嘻哈哈跟着他，一直跟到北门。卫鞅叫人传话，对他说："你听从朝廷的命令，是个奉公守法的好人。"当场就赏给他五十两金子。瞧热闹的人都傻了眼，后悔错过了机会，刚才没去扛。他们心里想着：要是明天再有这事，傻瓜才不扛呢！这件奇闻一传十，十传百，全国上下都知道了。老百姓都说："左庶长说到做到，他的命令就是命令！"

第二天，大伙儿纷纷又跑到南门看木头。这回换了个新花样，木头没了，换成了一张挺大的告示。他们都

连坐法

卫鞅在秦国变法，为了巩固君主统治，颁布连坐法。这是在户籍编制的基础上实行的。他将每五户编为"一伍"，十户编为"一什"。一伍一什互相监视。一家有罪，其他九家应当告发。不告发的，应当连坐。告发的人和杀敌者同样有功。私藏罪人的和罪人同样有罪。每个居民必须领取凭证，没有凭证的不能来往，不能住店。

不认字，看了半天也不懂。有个小官念给他们听。念出来的东西有老百姓听得懂的，也有听不懂的。可是他们都知道："左庶长的命令就是命令，都得服从。"新的命令主要有下面几条：

第一，实行连坐法；第二，奖励军功；第三，奖励生产。

新法令颁布后，国内发生了极大的变化。没有军功的贵族失去了特权，他们即使有钱，也仅是个富户，在政治上没有地位；立军功的得到了赏赐，甚至封侯，但只能在被封地内征收租税，并不能直接管理老百姓。巨大的变化引起了贵族们的反对。秦孝公坚决信任卫鞅，处罚了那些反对新法的大臣。

这么过了几年，变法初见成效。生产力增加了，老百姓的生活也有所改善。秦国接连打了好几个大胜仗。秦孝公便命卫鞅进行了更大规模的改革。

秦国变法之后，仅仅十几年的工夫，就迅速崛起成为富强的国家。周天子打发使者去慰劳秦孝公，封他为"方伯"（一方诸侯的首领）。中原诸侯一看人家富强了，总不能再把人家当作戎族看待，就纷纷前去朝贺。那些有心要做霸主的诸侯眼见秦国只用了一个卫鞅变法，就强了国，也效仿起秦国，到各处去搜罗人才。

立木南门

据《史记·商君列传》记载："（商鞅之）令既具，未布。恐民之不信己，乃立三丈之木于国都市南门，募民有能徙置北门者，予十金。民怪之，莫敢徙。复曰：'能徙者，予五十金。'有一人徙之，辄（zhé）予五十金，以明不欺。卒下令。"

立木，指立一根木头在地上。卫鞅用事实来证明令出必行，新的法令、制度一定会推行开来。后来"立木南门"多用于形容取信于民。

sūn páng dòu zhì

孙庞斗智

　　魏惠王眼见着秦孝公变法强了国，也打算找个"卫鞅"，他花了好多钱招募天下豪杰。当时有个本国人叫庞涓，他来求见魏惠王，说自己是鬼谷子的门生。这个鬼谷子很有学问，有人说他是当时最有谋略的人。当时鬼谷子还有另外一位学生，他叫孙膑，是军事家孙武的后人，对兵法也特别有研究。

　　庞涓见了魏惠王，把自己的学问和用兵的法子说了一说。魏惠王问他："我魏国四周毗邻（毗 pí）的都是大国，怎么才能在列国之中站稳脚呢？"庞涓说："大王要是任用我做将军的话，我敢说，就是把他们灭了也不难，还用得着怕他们吗？"魏惠王听了非常高兴，就拜他为大将。庞涓的儿子庞英，侄儿庞葱、庞茅，全都

鬼谷子

鬼谷子，本名王诩（xǔ），战国时期一位赫赫有名却奇奇怪怪的人物。著名思想家，道家代表人物。他是兵法集大成者、纵横家的鼻祖，精通百家学问，据说是当时最有谋略的人，因为隐居在鬼谷而得名。

鬼谷到底在哪？世间有各种传说：有人说在河南省登封市东南；有人说在陕西省三原县西；有的说在湖北省远安县东南；还有的说在湖南省张家界市。

他的弟子有：孙膑、庞涓、苏秦、张仪等。

当上了将军。

这一批庞家将倒是很卖力气，天天操练兵马，准备跟各国开仗。他们先从软弱的卫国和宋国下手，一连打了好几回胜仗，吓得卫国、宋国、鲁国都去朝见魏惠王，向他低头服软。只是齐国有点儿倔强，不但不去朝见，反倒发兵侵犯魏国的边境，没想到被庞家将打了回去。打这儿起，魏惠王更加信任庞涓了。

这时，墨子的门生禽滑厘（qín gǔ lí）云游天下，到了鬼谷。孙膑对他以礼相迎，他听了孙膑的谈论，更觉得他是个人才，就对孙膑说："你有了足够的学问，就该出去做事，不能老住在山上。"孙膑说："我的同学庞涓，当初下山的时候跟我约定，要是他有了落脚之处，一定替我引荐。听说他已经到了魏国，我正等他的信呢。"禽滑厘说："庞涓已经做了魏国的大将，他还不来叫你，不知道是什么心意。我去给你打听打听吧。"

　　禽滑厘到了魏国，魏惠王听他说起孙膑，就对庞涓说："听说将军有位同门叫孙膑，有人说他是兵法家孙武的后代，只有他知道十三篇兵法的秘诀。将军何不把他请来呢？"庞涓回答说："我也知道他的才干。可有

一样，他是齐国人，家人全在齐国。咱们请他做了将军，万一他吃里爬外，怎么办呢？"魏惠王说："这么说，不是本国人就不能用了吗？"庞涓不好意思再反对，就说："大王要叫他来，那我就写信去。"

魏惠王打发人拿了庞涓的信去请孙膑。孙膑拜别了鬼谷子，下了山，来到魏国，先见过庞涓，向他道了谢。第二天，他们一块儿去朝见魏惠王。魏惠王和孙膑谈论之后，就要拜他为副军师，跟庞涓一同执掌兵权。庞涓觉得不大妥当。他说："孙膑是我的兄长，再说他的才能比我强。哪能在我的手下呢？不如暂且请他做个客卿，等他立了功，我就让位，情愿当他的助手。"魏惠王就请孙膑为客卿。按职务来说，客卿并没有实权；按地位来说，客卿比臣下要高一等。孙膑非常感激庞涓替他这样安排。

庞涓背地里对孙膑说："你的家人都在齐国，为什么不把他们接到魏国来呢？"孙膑掉着眼泪，说："你我虽是同门，可是你哪儿知道我家里的事呀？我四岁丧母，九岁丧父，从小在叔叔家长大。后来叔叔带着两个表哥孙平、孙卓和我逃到洛阳。谁知道到了那边又赶上荒年，我只好去给人家当使唤人。后来，我就跟他们失去了联系。哎！我就是孤苦伶仃一个光杆儿，哪儿还提得到家里人呢？"庞涓听了直叹息。

半年后的一天，有个齐国口音的人来找孙膑。孙膑问了问他的来历，他说："我叫丁乙，一直在洛阳做买卖。令兄有一封信，托我送到鬼谷。我到了那边，听说先生已经做了大官，我才找到这儿来。"说完，他拿出信来交给孙膑。孙膑一瞧，原来是他失散了的表哥的来信。大意说他们从洛阳到了宋国，叔叔已经死了。如今齐王正在把旧日的臣下召回国去，他们准备回去，叫孙膑也回齐国重新成家立业，好让孙家的族人能够聚在一起。此外，还说了好些个流落外乡、好多年没上坟的话。真是一封悲惨的家信。

孙膑念完之后，哭了一场。丁乙劝了半天，说："你哥哥告诉我，叫我劝你早点儿回去，大伙儿可以骨肉团聚。"孙膑说："我已经在这儿做了客卿，不能说走就走。"他招待了丁乙，又写了一封回信，托丁乙带回去。

没想到孙膑的回信被人搜了出来，交给了魏惠王。魏惠王问庞涓："孙膑想念本国，怎么办呢？"庞涓说："父母之邦，谁能忘情？要是他回了齐国，当了将军，可就是咱们的死对头啦。我想还是先让我去劝劝他。要是他愿意留在这儿的话，大王就重用他，加他的俸禄。万一他不干的话，那么既然是我举荐来的，大王还是交给我处理吧！"

庞涓辞了魏惠王出来，立刻去见孙膑，问他："听说你接到一封家信，有没有这回事？"孙膑说："有这回事，我表哥叫我回老家去，可是我怎能回去呀？"庞涓说："你离家也有好些年了，怎么不向大王请一两个月的假，回去上了坟，马上回来，不是两全其美吗？"孙膑说："我不是没想过，可是我怕大王起疑，不敢提。"庞涓说："那怕什么？有我呢！"

孙膑听了庞涓的话，上了个奏章，说是要请假回齐国上坟去。魏惠王正怕他私通齐国，如今他果然要回去，可见他有心背叛魏国了。魏惠王当时就生了气，骂他私通齐国，把他送到军师府审问。卫兵把他押到了庞涓那儿。庞涓一见孙膑受了冤屈，就安慰他，说："不要害怕，我这就给你说情去。"说完，庞涓就出去了。

过了一会儿，庞涓慌慌张张地回来，对孙膑说："大王十分恼怒，非要定你死罪不可。我什么话都说到了，再三求情，总算保住了你的命。可是必须要在脸上刺字，还得把膝盖骨起下去。这是魏国的法令，我实在不能再求了。"孙膑哭着说："虽然要受刑罚，可总算免了死罪。你这样帮我，我决不忘你的大恩。"庞涓叹了口气，吩咐刀斧手把孙膑绑上，剔去两块膝盖骨。孙膑疼得

大叫一声，昏了过去。刀斧手又在他的脸上刺了字。

过了好久，孙膑慢慢地缓醒过来，他见庞涓愁眉苦脸地叹着气，正在给他上药。庞涓又叫人把他抬到自己的屋里，好吃好喝照顾着他。一个月后，孙膑的伤口好了，可是他变成了一个瘸子，只能爬着走。

孙庞斗智

这个典故出现在《东周列国志》中。

孙，指孙膑；庞，指庞涓。孙膑、庞涓各以智谋争斗。庞涓设计残害了他的同门孙膑。被剔去膝盖骨的孙膑逃到齐国做了大将田忌的军师。魏王派庞涓去攻打赵国。田忌采纳孙膑围魏救赵的策略，迫使庞涓撤军并进入马陵道齐军的埋伏圈自杀身亡。

这个典故用来比喻昔日友人今为仇敌，依靠计谋进行生死搏斗。也比喻双方用计谋来一决高下。

金蝉脱壳
jīn chán tuō qiào

　　孙膑变成了瘸子，天天依靠着庞涓过日子，心里老觉得对不起人家。有一天，庞涓对他说："大哥，你那祖传的十三篇兵法，能不能凭着记忆写出来？不但我能拜读，还能传留后世呢！"孙膑恨不得能做点儿事情好报答庞涓，便满口答应下来。那十三篇兵法，据说是鬼谷子从吴国得来传给孙膑的，孙膑早就背得滚瓜烂熟。

　　打那天起，孙膑就开始写起那十三篇兵法。可是那时候写文章可不像现在这么方便，是用毛笔写在竹简上的，再说孙膑心里闷得慌，天天唉声叹气，写了足有一个多月，也没写出几篇。伺候孙膑的是个老头儿，叫诚儿，他见孙膑受了冤屈，写这个东西又太辛苦，挺可怜他，时常劝他歇息。

竹　简

　　战国至魏晋时代，人们用毛笔蘸墨在狭长的竹片（也有木片，称"木简"）上书写。竹简每片写字一行，将一篇文章的所有竹片串编起来，称为"简牍"。这是我国古代最早的书籍形式。它能记录的文字很少，所以多用于书写短文。

　　竹简是造纸术发明之前最主要的书写工具，它的出现在传播媒介史上是一次重要的革命。竹简第一次把文字从社会最上层的小圈子里解放出来，以浩大的声势普及到民间。从这个意义上说，竹简对中国文化的传播起到了至关重要的作用，也正是它的出现，才得以形成百家争鸣的文化盛况，同时也使孔子、老子等名家的思想文化能流传至今。

　　有一天，庞涓把诚儿叫去，问他："孙膑每天能写多少？"诚儿说："孙先生双腿不便，躺着的时候多，坐着的时候少，一天只写三五行。"庞涓一听，火冒三丈，骂着说："这么慢条斯理地要写到什么时候？你得催着他，叫他加快点儿！"诚儿嘴里答应着，心里却不大明白。他想："干吗往死里催他呢？"

　　诚儿越想越觉得心里不踏实。正巧服侍庞涓的一个手下来了，诚儿就问他："嘿！兄弟，我跟你打听件事。军师干吗老催孙先生？"那个手下人说："傻瓜，你还不知道吗？军师为了要得到那部兵书，才留着他的命。等到兵书写完，他的命也就完了。这话你可千万别跟人说！"诚儿一听，替孙膑捏了一把汗，还偷偷告诉了他。孙膑这时才如梦方醒，说："原来庞涓是这么一个人！唉，算我瞎了眼睛，把心交给了这么一个人面兽心的

东西！"生气归生气，可是他转念一想："要是我不写，庞涓准得要我的命。这怎么办呢？"

他越想越气，越气越没有主意，急得直流眼泪，一下儿背过气去。等到缓过气来，他瞪着两只眼睛，连喊带叫，把屋子里的东西全摔了，把他写好了的兵书全扔进火里烧了。吓得诚儿赶紧跑去告诉庞涓，说："不好了！孙先生疯了！"

庞涓亲自来看孙膑，就瞧见他趴在地上哈哈大笑，笑完了又哭。庞涓叫了他一声，孙膑就冲着他一个劲儿地磕头，哭着说："鬼谷恩师，救命啊！救命啊！"庞涓说："你认错了，我是庞涓！"孙膑死死拉着庞涓的衣裳，嘴里头胡喊乱叫。庞涓怕他是装疯，就叫人把他揪到了猪圈里。孙膑竟然披头散发，趴在猪圈里睡着了。庞涓暗中派人给他送饭，那个人小声地对他说："孙先生，我知道您的冤屈，这会儿我瞒着军师，给您送点儿酒饭来，您快吃吧。"说着还流了几滴眼泪。

孙膑做着鬼脸把送来的酒和饭都倒在地上，骂着说："呸！谁吃这脏东西？我自己做的比你那个好得多了。"说着，他竟抓了一把猪粪，团成一个圆球，往嘴里塞。庞涓知道了这件事，就说："他真疯了。"打这儿起，孙膑住在猪圈里。有时候，爬到外边晒晒太阳；有时候，自个儿跟自个儿笑，或是哭。一到晚上，又爬回猪圈里去睡觉。

庞涓叫人给他送吃的，还任由他疯疯癫癫地爬进来爬出去。他还想等孙膑好起来给他写那部兵书呢！要是孙膑到街上去，就派人跟着他。人人都知道孙膑是个疯子，两条腿也不能走路，挺可怜的，就有人送吃的给他。他高兴了，就吃点儿；不高兴，就嘴里嘟嘟囔囔地叨唠一阵，把吃的倒在身上。有人跟他说话，他也不理，真就成了一个又脏又可怜的疯子了。知道的人都替他惋惜，说他当初还不如留在鬼谷不下山的好。

有一天，已经下半夜了，他觉得有人揪他的衣裳。那人就坐在他旁边，流着眼泪，低声说："孙先生，您怎么落魄到了这步田地？我是禽滑厘（qín gǔ lí），墨子的门生，您还认得我吗？我听说您在这儿受苦，心里直难受。我已经把你的冤屈告诉了齐王，齐王表面上安排使臣淳于髡（kūn）到魏国来访问，实际上是为了救你。我们都安排妥当了，想把你偷偷带回齐国去，给你报仇。"

孙膑一听禽滑厘来了，眼泪像雨点似的掉下来，对他说："我自以为早晚死在这儿了，没想到今天还能再见到你。你们可得小心，庞涓天天派人盯着我。"禽滑厘给孙膑换了身衣裳，抱他上了车。那套脏衣服叫一个手下的人穿上，他假装孙膑，披头散发的，两只手捧着脑袋躺在那儿。

第二天，魏惠王召见了齐国的使臣淳于髡，送他一点儿礼物，叫庞涓护送他出境。那天庞涓已经得到了报告，说孙膑还在街上躺着，他挺放心地去送齐国的使臣。淳于髡叫禽滑厘的车马先走，自己留下和庞涓聊了一会儿天，然后从从容容地辞别了庞涓，动身走了。过了两天，那个手下的人脱去孙膑的衣裳，偷着跑了回去。庞涓手下的人一见那套脏衣裳扔在井边，孙膑却不见了，赶紧去报告庞涓。庞涓一想，大概是跳井了吧，叫人四下里打捞尸首。可是哪儿有孙膑的影儿？他又怕魏惠王查问，就撒了个谎，说孙膑淹死了。

这边儿淳于髡、禽滑厘他们带着孙膑到了齐国，大夫田忌亲自到城外迎接他。孙膑洗了个澡，换了身衣裳，坐着软轱辘车，跟着田忌去见齐威王。齐威王听他谈论兵法，真是遗憾没能早点儿见面。齐威王要封他官职。孙膑推辞说："我一点儿功劳都没有，哪儿能受封呢？再说，庞涓要是知道我在齐国，准又得嫉妒，给大王招来麻烦。不如我不露面，等着大王有用得着我的地方，我一定尽力。"

齐威王就让孙膑住在田忌家里。孙膑想去谢谢禽滑厘，没想到他早走了。孙膑打发人去打听两位表哥的消息，这才知道齐国来的那个送信的人，是庞涓指使人假扮的。根本没有什么家信和上坟的事。这全是庞涓使的鬼主意。

金蝉脱壳

成语本义是蝉由幼虫变为成虫时脱去原来的外壳。后来比喻利用假象迷惑对方，使对方不能及时发觉，从而设法脱身。

"金蝉脱壳"是三十六计中的一计，多指事物发生了根本性的变化，也作"脱壳金蝉"。

wéi　wèi　jiù　zhào

围魏救赵

公元前353年，魏惠王派庞涓进攻赵国，围住了邯郸（hán dān）。赵国的国君赵成侯派使者去齐国求救。齐威王知道孙膑的才能，要拜他为大将去救赵国。孙膑推辞说："不行，我身有残疾，当了大将被敌人笑话。大王还是请田大夫为大将吧。"齐威王同意孙膑的话，拜田忌为大将，孙膑为军师，发兵去救赵国。

孙膑对田忌说："眼下魏国的兵马已经把邯郸围上了，赵国的将士又不是庞涓的对手，咱们去救邯郸已经晚了。咱们不如在半道上等着，就说去打襄陵（襄 xiāng）。庞涓听了，准得往回跑。咱们迎头痛揍他一顿，准能把他打败。"田忌就按照他的计策去做。

另一头，被围困的邯郸敌不过庞涓，投降了。庞涓打发人去向魏惠王报告，忽然听说齐国派田忌去打襄陵，他着急起来，立刻吩咐退兵。刚退到桂陵地界，正碰上齐国的兵马。两下里一开仗，魏国就败了。庞涓正心慌意乱的时候，忽然瞧见一面大旗，上面有个"孙"字！他吓了一跳，差点儿从马上摔下来。幸亏庞英、庞葱两路兵马赶到，把他救了。庞涓逃了命，却损失了两万多士兵。

齐军大胜而归，邯郸又归了赵国。齐威王重用田忌和孙膑，把齐国的兵权交给他们。有人在齐威王跟前说

田忌赛马

相传齐威王喜欢赛马，而且还赌挺大的输赢。他将马分成三等。大夫田忌也有几匹好马，可是他的马跟齐威王的马比起来，总是差了那么一点儿。

孙膑给田忌出了一个主意，他让田忌用自己的下等马去与齐王的上等马比，用自己的上等马与齐王的中等马比，用自己的中等马与齐王的下等马比。田忌的下等马当然会输，但是上等马和中等马都赢了。因而田忌也就赢了齐威王一千两黄金。

033

田忌的坏话，说他权力太大，都能自己做王了。齐威王起了疑，天天派人暗中察看田忌的行动。田忌索性告了病假，把兵权交了出来。孙膑也辞去了军师的职位。

庞涓听说这个消息，又抖起精神来了，他说："如今我终于可以横行天下了。"那时候，韩国早把郑国灭了，势力也大了起来。赵国想报邯郸的仇，就跟韩国商量着一块儿去打魏国，韩国答应了。庞涓得到了这个消息，就请魏惠王先发制人去打韩国。魏惠王仍旧拜庞涓为大将，把全国大部分的兵马都调拨给他攻打韩国。

齐威王知道误会了田忌，又把他和孙膑重用起来。可庞涓并不知道这件事。他带领着兵马去攻打韩国，打了几回胜仗，眼瞧着要打到韩国的都城了。韩国接连不断地向齐国求救。公元前343年，齐威王拜田忌为大将，田婴为副将，孙膑为军师，发兵去救韩国。孙膑又使出他的老办法来了，他不去救韩国，而是直接去打魏国。

庞涓得到了本国告急的信儿，只好退兵往回赶。等到庞涓的大队到了魏国的边境，齐国的兵马已经过去了。庞涓仔细察看齐国军队扎过营的地方，发现齐国的营盘占了很大的地方，他叫人数了数地下做饭的炉灶，足够供十万人吃饭用的。庞涓吓得说不出话来。他想："齐国有这么些兵马进了魏国，怎么能把他们打出去呢？"

第二天，他们又到了齐国军队第二回扎过营的地方，又数了数炉灶，只有能供给五万来人用的了。第三天，他们追到了齐国军队第三回扎过营的地方，算出大约也就剩两三万人了。庞涓这才放了心，笑着说："还好，还好！齐国人都是胆小的。十万大军到了魏国，才三天工夫，就逃了一大半。田忌呀，田忌！这回可是你自个儿来送的死。上回桂陵的仇，我这回可以报了。"

庞涓吩咐大军不分昼夜地按照齐国军队走的路线

追上去。他一直追到了马陵，正是天快擦黑的时候。马陵道夹在两座山的中间，山道旁边就是山涧。这时候正是十月底，晚上没有月亮，而且是山道。可是庞涓恨不得一步追上齐国的军队，他想：反正是本国的地界，怕什么！于是吩咐大军顶着星星接着往前赶。

忽然前面的士兵回来报告说："前头的山道被木头堵住了。"庞涓骂着说："喊什么喊，齐国人怕咱们今儿晚上追上去，就堵住了道儿。大伙儿一齐下手搬开木头不就结了吗？"庞涓亲自上前指挥士兵搬木头，就见道两旁的树全被砍倒了，只留着一棵最大的没砍。他奇怪为什么单单留着这一棵，细细一瞧，那棵树一面被刮去了树皮，露出一条又光又白的树瓤（ráng）来，上面影影绰绰好像写着几个字，就是瞧不清楚。庞涓就叫小兵拿火来照，几个小兵点起火把来。庞涓在火光之下，看得非常清楚，上面写的是："庞涓死此树下。"庞涓心里一惊，说："哎呀！又上了孙膑的当了！"回头对将士们说："快退！快……"第二个"退"字还没说出口，也不知道有多少支箭，就像下大雨似的冲他射过来。庞涓自然就没了命。原来孙膑成心天天减少炉灶的数目，就是为了引诱庞涓追上来，他早就算准了庞涓到这儿的时辰，在左右埋伏好了五百名弓箭手，吩咐他们，说：

"一见树下起了火光，就一齐放箭。"

一会儿，山前山后，山左山右，全是齐国的士兵。魏国的兵马被杀得连山道都变成血河了。直闹到东方发白，才安静下来。魏国的士兵不是投降，就是跑了，那些没投降、没逃跑的全都躺在地上，再也起不来了。齐国的军队带着俘虏和战利品从原道返回。走了一程，碰见了魏国后队的兵马，领队的大将正是庞涓的侄儿庞葱。孙膑叫人挑着庞涓的脑袋给他瞧。庞葱立马跪地求饶。孙膑对他说："我给你一条活路，赶紧回去，叫魏王上表朝贡，要不然，魏国的宗庙也保不住了！"庞葱连连磕头，抱着脑袋逃回去了。

魏惠王打了败仗，只好打发使臣向齐国朝贡。韩国和赵国的国君更加感激齐国，都去朝贺。齐国的威名打这儿就大了起来。齐威王拜田忌为相国，还要加封孙膑。孙膑不愿受封，亲手把十三篇兵法写出来，献给齐威王，随后辞了官职，隐居起来了。

围魏救赵

　　据《史记·孙子吴起列传》记载，战国时期魏国攻打赵国，赵国向齐国求救。齐将田忌采用军师孙膑的策略，乘魏国国内空虚，发兵攻打魏国的襄陵，逼迫魏军回撤。而齐军在中途发起突袭，大破魏军，救了赵国。后来借用"围魏救赵"指包抄敌人的后方迫使其撤兵的战术。

　　"围魏救赵"是三十六计中的第二计，其精彩之处就在于它以逆向思维的方式，绕开问题的表象，从事物的根本上去解决问题，从而取得一招致胜的神奇效果。

悬梁刺股

xuán liáng cì gǔ

　　秦孝公得病死后，太子即位，就是秦惠文王。他做太子的时候，曾经反对过商鞅（也就是卫鞅）变法，被商鞅治了他两个师父的罪，一个割去了鼻子，另一个在脸上刺了字。如今他当上了国君，就给商鞅加了谋反的罪名，把他"五牛分尸"了。

　　在当时的战国七雄里，秦国最为强大。该如何面对强大的秦国，其他诸侯六国分成了两派：其中一派主张"连横"，即与秦国亲善，联合秦国来保护自己；另一派主张"合纵"，也就是联合起来一同抵抗秦国。那时候，出现了一些"纵横家"，他们能说会道，借着合纵连横的事到处游说，追名逐利，闹得天下鸡犬不宁。

　　有一位借着"合纵"出名的人叫苏秦，他本来是个政客，没有一定的主张。合纵也好，连横也罢，他只想凭借那能说会道的嘴，弄到个一官半职，无论哪个君王都可以做他的主子。他想先去见周显王，可是没有人愿意帮他推荐，他便改变了主意，去了秦国。他见了秦王就说连横怎么好，秦国怎么强大，劝秦王一步步兼并六国。哪儿知道秦惠文王自从杀了商鞅之后，就不怎么喜欢外来的说客。他听完苏秦的话，客气地回绝了他，说："我的翅膀还没长得那么硬，哪儿能飞得高呢？先生的话挺有道理，但是我得先准备几年，等我的翅膀硬了，再请教先生。"

苏秦碰了个软钉子，只好走了。可是他并没有灰心，还想着叫秦王用他。他费了好大工夫写了一部书，详细讲述了怎么吞并列国。他把书献给了秦惠文王，谁知秦王只是潦草地看了一下，便搁在一边。苏秦只好耐着性子在秦国等了一年多，从家里带来的盘缠都花光了，身上的衣服也破了，他只好灰溜溜地回了家。

苏秦回到家里，他母亲一见他这样，就骂他："咱们这儿的人一向不爱做官，人家专心做点儿生意，也能赚一些钱。当初我叫你学着做买卖，你不听，偏要去做官，花了这么些盘缠，如今怎么样，人不像人，鬼不像鬼地回来！"苏秦无话可说，一回头瞧见他嫂子正坐在机子上织着锦，连头也不抬，好像没看见他似的。他只好央求嫂子给弄点儿吃的。他嫂子翻着白眼，说："没有柴火！"说完一转身躲开了。苏秦心里很难受，扭过头掉了几滴眼泪。他想：我苏秦总有一天要争回这口气。

打那天起，苏秦天天埋头研究兵书。他想着总有一天会有一国之君发现他的才能而重用他。有时候，念书念累了，他想着要歇息一下，却听见耳边有个声音说："没有柴火！"就立刻清醒了，精神抖擞地接着读下去。有一回，累得实在受不了，眼皮粘在一起怎么也睁不开。他气急了，拿起锥子就往自己大腿上使劲扎了一下，

悬梁刺股之"悬梁"

东汉时，有一个叫孙敬的年轻人，他孜孜不倦勤奋好学，关着门从早到晚在家苦读。可是，学到三更半夜的时候很容易犯困。

为了不影响学习，孙敬想出了个好办法，他找来一段绳子，一头绑在自己的头发上，另一头绑在房梁上，这样读书疲劳打瞌睡的时候只要一低头，绳子就会扯痛头皮。他也会因为疼痛清醒过来，继续读书。后来孙敬终于成了赫赫有名的政治家。

鲜血顿时流了出来。这一下，他可精神了，接着又继续读下去。他就这么苦苦地用功，用了一年多工夫，他把各国的地形、政治情况、军事实力，甚至是各国国君的心理都研究了个滚瓜烂熟。

苏秦心想，我游说各国的本事已经准备得差不多了，于是他跟兄弟苏代、苏厉商量："你们帮我凑点儿盘缠，助我周游天下，等我出头了，我一定想办法举荐你们。"他把姜太公的兵法和中原各诸侯国的情形讲给他们听。他的两个兄弟被他说服了，不光拿出金子来送他动身，甚至也琢磨起苏秦的那套学问来了。

苏秦到了燕国，见了国君燕文公。对他说："燕国虽然有两千里土地，几十万士兵，六百辆兵车，六千多

骑兵，可要是跟西边的赵国、南边的齐国一比，实力就明显不够了。这几年，赵国强大了，齐国强大了。可是强大的国家老打仗，弱小的燕国反而太平无事，大王知道这里头的缘故吗？"燕文公说："不知道。"苏秦说："燕国没受到秦国的侵略，是因为有赵国挡住了秦国。秦国离燕国远，要来侵犯燕国的话，一定得路过赵国。可是赵国想要打燕国，那就太容易了。早上发兵，下午就能到。大王不跟临近的赵国交好，反而把土地送给挺远的秦国，这个做法很不妥。要是大王用我的计策，先去跟临近的赵国订立盟约，再联络中原诸侯一块儿抵抗秦国，这样燕国才能真正安稳。"燕文公挺赞成苏秦的办法，但怕列国诸侯心不齐。苏秦说他愿意去跟其他诸侯国商量，燕文公就给他准备了礼物、路费、车马和随从。

自此，带着合纵使命的苏秦离开燕国，凭着三寸不烂之舌游走于各诸侯国之间，他成功说服五国联合起来对抗秦国，终于靠着一己之力促成了一个空前强大的诸侯大联盟。

悬梁刺股

据《太平御览》记载："孙敬，字文宝，好学，晨夕不休。及至眠睡疲寝，以绳系头悬屋梁。后为当世大儒。"据《战国策》记载："（苏秦）读书欲睡，引锥自刺其股，血流至足。"

梁，屋梁；股，大腿。"悬梁刺股"这个成语由孙敬的"头悬梁"和苏秦的"锥刺股"两个故事组成。

后来"悬梁刺股"用来比喻读书学习非常勤奋刻苦。

鸡鸣狗盗

jī　míng　gǒu　dào

　　齐国的孟尝君田文继承他父亲田婴做了薛公，开始大兴土木，修建房子，招待天下豪杰。只要是投奔他的，他都收留。他自己吃、喝、穿、戴跟住处，全跟门客们一样，孟尝君的家当很快就所剩无几。门客的伙食，当然也不能再像以前那样丰盛。

　　有一天晚上，有个客人见了饭菜，心里很不高兴。可巧他瞧见孟尝君独自一人在旁边正吃得挺香。他一想主人吃的准是山珍海味。他发了脾气，扔下筷子，说："岂有此理，我干吗上这儿吃这种东西？"孟尝君连忙拦住他，端着自己的饭菜让他瞧。这位门客一瞧，原来主人吃的跟自己一个样，这才叹了口气，说："孟尝君这么真心诚意地待我，而我却起了疑心，我还有什么脸

住在这儿呢？"说完，他就拔出宝剑，自杀了。

秦昭襄王听说了这件事，对孟尝君很是佩服，他一心想着让孟尝君到秦国来。别人给他出了一个法子——把自己的兄弟泾阳君送到齐国去做抵押，换得孟尝君到秦国来做丞相。齐湣王（湣 mǐn）不敢得罪强大的秦国，只好叫孟尝君到秦国去。

孟尝君带着一大帮门客，一块儿到了秦国的咸阳。秦昭襄王亲自出来迎接他。他见孟尝君威风凛凛，仪表不凡，不由得更加敬仰起来。孟尝君奉上一件纯白的狐狸皮袍子，作为见面礼。秦昭襄王知道这是顶名贵的银狐，当时就得意地穿上，向宫里的美人们夸耀了半天。

狐白裘

　　孟尝君的这件纯白的狐狸皮袍子可不一般。传说，它是用狐狸腋下的一小撮白毛制成的，因为只有这一部分的毛才最为纯白细软。想象一下，一只狐狸腋下的毛才有多少？制成这一件大袍子得需要多少只狐狸呀！难怪它价值千金了。李白的"五花马，千金裘"看来也非夸张之语。成语"集腋成裘"说的大概就是这种袍子了。后来，人们用"狐白裘"来比喻精巧华美的事物。

　　那时候天还暖和，他就把袍子脱了，交给手下的人好好保管起来。

　　孟尝君和他的那些门客到了秦国，秦国的一批大臣怕秦王重用他，就在背地里商量着怎样排挤他。秦王本打算选个日子拜孟尝君为丞相。大臣樗里疾（樗 chū）首先反对说："孟尝君是齐国的贵族，他当了丞相，准得先替齐国打算。如果他仗着丞相的权力暗中谋害秦国，秦国不就危险了吗？"秦昭襄王说："那就把他送回去吧。"

　　樗里疾说："他在这儿已经住了不少日子，秦国的事，他差不多全都知道了。哪儿能放他呢？不如杀了他，免得将来有后患。"秦昭襄王觉得不能杀，但也不能放，就先把孟尝君软禁了起来。

孟尝君得知秦王要谋害他，就去求秦王最宠爱的燕姬，请她想个法子。燕姬托着下巴，装腔作势地说："叫我跟大王说句话倒是不难，别的谢礼我不要，只要一件银狐皮袍子就够了。"

孟尝君回到住处，皱着眉头说："我只有那么一件，已经送给秦王了，哪里还要的回来？"当时有个门客说："三讨不如一偷，我有办法。"他想法子跟管衣库的人做了朋友。有天晚上，这位门客从狗洞爬进宫里，找到了衣库去偷那件银狐皮袍子。他掏出好些钥匙，正在开门的时候，看库的人醒了，咳嗽了一声。那个门客"汪汪汪"地装狗叫了两声，看衣库的人就又睡着了。那位门客进了衣库，开了箱子，拿出那件银狐皮袍子，然后又锁了箱子，关上库房，从狗洞里钻出来。

孟尝君偷回了这件银狐皮袍子，送给了燕姬。燕姬得到了这件宝贝，就甜言蜜语地劝秦王把孟尝君放回去。秦王到底依了她，发下过关文书，让孟尝君回去。

孟尝君得到了文书，好像"漏网之鱼"，急急忙忙地往函谷关跑去。他怕秦王反悔，派人来追，又怕把

守关口的人刁难他，就更名改姓，打扮成买卖人的模样。他的门客中有个专门假造文书的人，巧妙地就把那过关文书上的名字改了。他们半夜赶到了函谷关。依照秦国的规矩，每天清晨，关口要到鸡叫的时候才许放人，他们只好在关里等天亮。孟尝君算计着秦王准得派人追上来，大伙儿愁眉苦脸地正在恨老天爷怎么还不叫天快亮，忽然这些门客里有人捏着鼻子学起鸡打鸣儿来了。接着一声跟着一声地好像有好几只公鸡叫着，紧跟着关里的公鸡全都叫起来了。关上的人开了城门，验过了孟尝君的过关文书，让他们出了关口。

那边樗里疾听说秦王把孟尝君放了，就去朝见秦昭襄王。他说让孟尝君回去，好比"纵虎归山"，将来准有后患。秦昭襄王果然后悔了，立刻派人去追。那追上去的人赶到函谷关，查问守关的人，说："孟尝君过去了没有？"他说："没有。"还拿出过关文书让他们瞧，果然没有孟尝君的名字。他们才放了心。大概孟尝君还没到。

等了半天，孟尝君还没来，他们有点儿起疑，就跟守关的人说了孟尝君的长相，还有他们带着的门客和人数，车马的样子。守关的人说："有，有！他们早就过去了，是第一批过关的。"他们又问："你们什么时候开城的？我们到这儿，什么都还看不清楚呢。难道你半夜就把城门开了吗？"守关的人一愣，说："我们也正在纳闷呢！城门是鸡叫的时候才开的，可是待了半天，东方才发白。我还纳闷今天太阳怎么出来这么晚？"他们哪儿知道孟尝君的门客之中各色各样的人都有。有会学狗叫唤的，有会学鸡叫唤的，还有会假造文书的。

孟尝君逃回齐国，齐湣王好像丢了的宝贝又找回来了那么高兴，仍旧请他做相国，齐国远在秦国的东方，秦国不便再去麻烦，两国也算相安无事。

鸡鸣狗盗

这个成语出自《史记·孟尝君列传》，孟尝君广招宾客，以门客三千闻名，他靠着鸡鸣狗盗之士从秦国逃回了齐国。

成语"鸡鸣狗盗"指微不足道的本领或者偷偷摸摸的行为，比喻卑下的技能或具有这种技能的人。

jiǎo tù sān kū
狡兔三窟

　　孟尝君回了齐国，他比以前名气更大了，前来投奔他的门客越来越多。他为了要供给三千多门客的吃喝拉撒，只好在自己的封地薛城向老百姓放账。有一天，他打发一位叫冯谖（xuān）的门客上薛城去收账，薛城的老百姓听说了，都吓得叫苦连天，有的托人说情，缓些日子；有的竟打算躲到别的地方去。

　　收账的第一天，只有几户比较宽裕的人家给了利钱。冯谖拿出一笔钱买了好些牛肉跟酒，出了一个通告，说："凡是欠孟尝君钱的，不论能不能还，明天都来把账对一对，大伙儿聚在一起大吃一顿。"那些欠账的老百姓都来了，冯谖请他们喝酒吃肉。大伙儿酒足饭饱，冯谖就根据债券一个个问了一遍。随后他

门　客

　　门客作为贵族地位和财富的象征最早出现于春秋时期，到了战国时期则尤为盛行。那时，每一个诸侯国的贵族子弟都养着大批的门客。

　　这些被达官贵人养在家中的门客，有的是有真才实学，能在关键时刻替主人办事的。但也有一些是徒有虚名，骗吃骗喝的。他们平时没有固定的工作，不必干杂役，照样吃喝领薪水。只有当主人需要他们办事时，才给他们安排工作。养门客在战国时期最盛。

说："孟尝君放给你们账，是实心实意地救助你们，并不是贪图利钱。如今我已经查明白了。那些能够给的，再缓一期，将来再给。那些给不了的，烧了债券，一概免了！"众人连连磕头，好像疯了似的喊着："孟尝君是我们的大恩人！"

　　冯谖回来，把收账的经过报告给孟尝君听。孟尝君听了，脸上变了颜色，说："您怎么花了这些钱，又打酒又买肉的，还把债券烧了！我请您去收账，您收了些什么回来呢？"冯谖回答说："您别生气，我帮您买了老百姓的情义回来。我敢说，收回民心要比收回利钱强得多！"孟尝君听了，无可奈何地向他拱了拱手，说："先生眼光远大，佩服！佩服！"

冯谖虽然没收回账来，可是孟尝君的名声更大了。秦昭襄王没能追上孟尝君，本来已经不高兴了，如今听说齐湣王（湣 mǐn）又重用了他，更多了一分担心。他暗中打发心腹去齐国散布谣言，说："孟尝君收买人心，齐国的人光知道有孟尝君，不知道有齐王。孟尝君眼瞧着就快当上齐国的王了。"他又打发使臣去楚国对楚王说："孟尝君要是当上齐王，准得来打贵国和敝国。敝国情愿跟贵国联合起来，一块儿对抗孟尝君。"楚王听了秦国使臣的话，也打发人上齐国去散布谣言。齐湣王听见这些谣言，果然起了疑，收回了孟尝君的相印，叫他回薛城去。

"树倒猢狲散"，孟尝君被革了职，那些门客全都散了。孟尝君觉得挺凄凉。只有冯谖还一步不离地跟着他，替他赶车，陪他回了薛城。薛城的老百姓一听说孟尝君回来了，男女老少，都来迎接他。有的带了一只鸡，有的拿着一瓶酒，还有的拿着牛肉。大伙儿接踵而至地献给孟尝君。孟尝君一见，感动得掉下眼泪来。他对冯谖说："这就是先生给我买来的情义呀！"冯谖说："这算得了什么？如今您能安身的地方只有这个薛城。俗语

说，'狡兔三窟'，您至少得有三个能安身的地方才算踏实。您借给我这辆车马，让我去趟秦国，我准能再叫齐王重用您，增加您的俸禄。那时候薛城、咸阳、临淄三个地方，都会欢迎您。好不好？"孟尝君说："全凭先生！"

冯谖到了咸阳，对秦昭襄王说："当今之世，不是秦国得天下，就是齐国得天下，这两个大国是势不两立的。齐国能够有现在这样的地位，全仗着孟尝君。如今齐王听了谣言，革了他的官职，收回了相印。他这么以怨报德地对待孟尝君，孟尝君当然也怨恨齐王，大王趁着他怨恨齐王的时候，赶紧把他请来。要是他能够给大王出力，还怕齐国不来归附吗？齐国要一归附，天下可就是秦国的了。大王赶紧打发人用车马带着礼物上薛城去请他，还来得及。万一齐王反悔，再拜他为相国，齐国可又要跟秦国争高低了。"

这时候正巧秦国的相国樗里疾（樗 chū）死了，秦王正要找人才，就依了冯谖的话，打发使臣带了十辆车马，一百斤黄金，用迎接丞相的仪式上薛城去迎接孟尝君。冯谖就告辞了，他说："我先回去告诉孟尝君一声，免得临时匆促。"

冯谖从秦国出来，来不及去报告孟尝君，就急急忙忙地一直到了都城临淄（zī），求见齐湣王。他对齐湣王说："齐国跟秦国是势不两立的两个大国，谁要是得到人才，谁就能够号令天下。我在道儿上听说秦王暗中去拉拢孟尝君，打发使臣带了十辆车马，一百斤黄金，用迎接丞相的仪式上薛城去迎接他。真要是孟尝君当上了秦国的丞相去号令天下，临淄、即墨不就危险了吗？"齐湣王真没防到这一招儿，挺着急地说："怎么办呢？"冯谖说："不能再耽误了，趁着秦国的人还没到，赶紧先恢复孟尝君的官职，再加封给他一些土地，孟尝君准能乐意。他做了相国，难道说秦国没得到大王的认可，就可以随便接走人家的大臣吗？"

齐湣王答应重新重用孟尝君。可是他嘴里虽是答应了，心里头还是有点儿疑惑。他背地里打发人上边境去打听秦国的动静。派去的人一到了边界，就见那边大队的车马已经来了，一问果然是来接孟尝君的。他就连夜赶回临淄，向齐湣王报告。齐湣王连忙吩咐冯谖去接孟尝君回来做相国，另外又封给他一千户的土地。

等到秦国的使臣到了薛城，孟尝君已经官复原职了。秦国的使臣白跑了一趟，秦昭襄王只怪自己晚了一步。早已散了的门客一听说孟尝君又当上了相国，争先恐后地都又回来投奔到了他的门下，孟尝君听了冯谖的劝，不计前嫌，再次收留了他们。

狡兔三窟

这个成语出自《战国策》的名篇《冯谖客孟尝君》，冯谖说："狡兔三窟，仅得免其死耳。今有一窟，未得高枕而卧也。"

窟，洞穴，意思是狡猾的兔子有三个窝。冯谖认为狡兔三窟才免去死亡的危险，而孟尝君只有一处安身之所，哪能高枕无忧呢？

后用"狡兔三窟"比喻预先设置好了多处藏身的地方或做了多种避祸的准备。

出奇制胜

　　田单是齐国的贵族。齐湣王（湣 mǐn）在世的时候，他在临淄（zī）是个默默无闻的小官。等到燕军打到临淄的时候，城里的人纷纷往外逃难。他也随着本族的人坐着车逃到安平。

　　这回逃难让他有了一个小发明。他觉得车轴在车辖辘外面伸出一大截来，不光太占地方，还容易损坏。他把本族的车全改了，把车辖辘外头伸出的那截轴头锯短了，再拿铁皮把车轴包上。这种小小的改革只是为了方便罢了。可是也有人讥笑他，说："把车轴头锯得那么短，还像个什么样儿呢？"不久，燕军攻破了安平，人们争先恐后地乱跑，路上车辆拥挤得像打转的牛阵。那些长长的车轴老碰着别的车辆，有的车动不了，有的刹不住车，甚至有的车轴折了翻了车。那些讥笑过田单的人有不少被燕军俘虏去了。田单这族人因为有了这小小的一点儿改革，居然脱险逃到即墨，田单出了名。

过了不久，燕国军队打到了即墨。即墨大夫出去迎战，打了败仗，受了重伤，没多大会儿就死了。城里没了领头的人，军队差点儿乱起来。大伙儿就公推田单为将军。田单事事亲力亲为，跟士兵们同甘共苦，又把本族人和自己的妻子也都编进队伍里。即墨的军队和老百姓都特别佩服他。

田单知道攻城的是燕国大将乐毅，他知道乐毅的本领，不敢轻易出去跟他开仗，只好严防死守地把守着城门。不久后，燕王死了，太子燕惠王即位，田单钻了空子，暗中派人去燕国到处散布谣言，说乐毅要做齐王。燕惠王果然派大将骑劫去代替乐毅攻打即墨。

田单第一步"挑拨是非，离间君臣"的计策办到了。他又开始实施第二步，他叫几个心腹到城外去散布消息，说："从前乐毅将军太好了，抓了俘虏还好好地待他们，城里的人当然不怕了。要是燕国人把俘虏的鼻子削去，把咱们城外祖宗的坟刨了，齐国人还敢打仗吗？"这种仨一群、俩一伙儿的谈论传到了骑劫的兵营里。骑劫听了这些话，果真下令把齐国俘虏的鼻子都削去，

又叫士兵把齐国城外的坟都刨了，把死人的骨头拿火烧了。即墨的人听说燕国军队这样虐待俘虏，全愤恨起来。后来他们在城头上瞧见燕国的士兵刨他们的祖坟，都大哭起来，咬牙切齿地痛恨敌人，大伙儿全都一心一意地要替祖宗报仇。

即墨的士兵和群众纷纷向田单请求，一定要跟燕国人拼个死活。田单就挑选了五千名勇士，一千头牛，先训练起来，他叫老头儿和妇女们在城头上值班，然后又搜集了好些金子，打发几个人装扮成即墨城里的富翁，偷偷地给骑劫送去，说："城里粮食已经吃完了，不出三天就得投降。贵国军队进城的时候，请求您保全我们的家小。"骑劫满口答应，还交给他们几十面小旗子，叫他们插在门上，作为记号。骑劫得意扬扬地跟将士们说："我比乐毅怎么样？"他们说："强得多了！这一来，将军净等着田单来投降，连仗都不用打了。"

那些派去的人回报以后，田单就把那一千头牛打扮起来。牛身上披着一件褂子，上面画着红红绿绿稀奇古怪的图案；牛犄角上捆着两把尖刀；牛尾巴上系着一捆浸透了油的麻和苇子。这就是预备冲锋陷阵的牛队。那五千名"敢死队"的脸上也都涂上五色的花脸，一个个拿着大刀、阔斧跟在牛队后头。到了半夜里，拆了几十

处城墙，把牛队赶到城外，牛尾巴上点起火来。牛尾巴一烧着，它们可就犯了牛性子，一直向着燕国兵营冲过去。五千名"敢死队"紧跟着杀上去。城里的老百姓狠命地敲着铜盆、铜壶，也随着跟到城外来呐喊。一刹那，震天动地的喊杀声夹着鼓声、铜器声，打破了黑夜的安静，惊醒了燕国人的好梦。

燕国将士手忙脚乱，慌里慌张地找不着家伙了。他们睡眼蒙眬地一瞧，成千上万的怪物尾巴烧着火，脑袋上长着刀，已经冲过来了！怪物后头还跟着一大群稀奇古怪的妖精。胆小的吓得腿都软了，直接瘫坐在地上。胆大的见了这么多鬼怪，哪儿还敢抵抗呢？别说一千对牛犄角上的刀扎伤了多少人，那五千名敢死队砍死了多少人，就是燕国军队自己连撞带踩地一乱，也够受的了。骑劫坐着车，打算杀出一条活路，可巧碰上了田单。那个自认为比乐毅强得多的大将就被田单像抹臭虫一样地抹死了。

田单"解袭救人"

相传齐国临淄城东门外，有一处"田单解衣处"。

一个寒冬的傍晚，田单在朝中处理完政事，往回走路过淄河岸边的时候，发现在雪地上蜷缩着一位冻僵了的老人。老人衣衫破烂，脸色蜡黄。田单俯下身子，摸了摸，老人已四肢发凉，只有胸口还有一丝余温。田单来不及多想，解开自己和老人的衣服，把老人胸对胸搂在怀里，让车夫加速赶回了家。

老人终于得救了，田单救人的事很快传遍了齐国，人们都说他爱民如子，对他也就更爱戴了。

田单整顿了队伍，继续往下反攻，整个齐国都轰动起来。已经投降了燕国的齐国将士一听到田单打了胜仗，燕国的大将已经死了，都准备好了归顺田单。田单的军队打到哪儿，哪儿的齐国人就热烈响应，田单的兵力也越来越多。不到几个月工夫，被燕国和秦、赵、韩、魏占领的七十多座城全都逐个收回来了。

田单立了大功，恢复了父母之邦，老百姓要立他为齐王。田单说："太子法章还住在莒城（莒 jǔ），我哪儿能自立为王呢？"他从莒城把太子法章接到临淄来。择了个好日子，祭祀太庙，太子法章正式做了国君，也就是齐襄王。

出奇制胜

这个成语是《孙子兵法·势》中的一种战术谋略，讲的是："凡战者，以正合，以奇胜。故善出奇者，无穷如天地，不竭如江河。"

奇，出人意料的奇兵或奇计；制胜，取得胜利。"出奇制胜"的意思是在关键时刻用奇兵取得胜利。

完璧归赵

wán bì guī zhào

    秦昭襄王听说赵王得了和氏璧，就派使者带了国书去见赵惠文王，说情愿拿出十五座城来换那块玉璧，希望赵王答应。赵惠文王跟大臣们商量：想要答应秦国，又怕上当。要不答应，又怕秦国打进来。大伙儿商议了半天，还是不能决定到底应当怎么办。赵惠文王叹了口气，问："谁能当使者去秦国办这件事？"说完，他瞧了瞧大将廉颇，廉颇低着头不说话。

    当时有个宦官令叫缪贤（缪 miào），他对赵王说："我有个门客叫蔺相如（蔺 lìn），他是个挺有见地的谋士。我想，让他去秦国倒挺合适。"赵惠文王就把蔺相如召上来，问他："秦王拿十五座城来换赵国的玉璧，先生认为应不应该答应呢？"蔺相如说："秦国强，咱们弱，不能不答应。"赵王接着又说："要是把玉璧送了去，得不到城，怎么办？"蔺相如说："秦国拿出十五座城来换一块玉璧，这个价钱算是高的了。赵国要是不答应，错在赵国。要是大王把玉璧送去，秦国不交出城来，那么错就在秦国了。依我看，宁可叫秦国担这个错儿，咱们也不能不讲道理。"赵惠文王问："先生能去一趟秦国吗？"蔺相如说："秦国交了城，我就把玉璧留在秦国；不然的话，我一定完璧归赵。"赵惠文王当时就拜蔺相如为大夫，派他上秦国去。

蔺相如带着和氏璧到了秦国咸阳。秦昭襄王听说赵国送玉璧来了，挺得意地坐在朝堂上。蔺相如恭恭敬敬地把玉璧献了上去。秦王看完了，挺高兴。大臣们都给秦王庆贺，一齐欢呼万岁。蔺相如一个人冷冷清清地站在一边等着。等了老半天，也不见秦王提起交换城的事。他想：秦王果然不是真心实意地想交换。可是玉璧已经到了他手里，怎么能拿回来呢？他急中生智，上前对秦王说："这块玉璧，看着虽说挺好，却有点儿小毛病，别人不容易瞧出来，让我指给大王瞧一瞧。"秦王就叫手下的人把玉璧递给蔺相如。

蔺相如拿着玉璧，往后退了几步，靠近柱子，瞪着眼睛，气哼哼地对秦昭襄王说："大王当初说情愿拿出十五座城来换赵国的玉璧。赵国的大臣们都说：'这是秦国骗人的话，千万不能答应。'我可反对说：'老百姓还讲信义，何况大国的君王？我们哪儿能拿小人的度量去瞎猜君子？'赵王这才斋戒了五天，然后叫我送了来。赵国如此重视，可大王却没有真心实意想要交换。所以，我把玉璧拿了回来。大王要是逼我的话，我宁可把我的脑袋跟这块玉璧在这根柱子上一块儿碰碎！"

说话之间，蔺相如拿起玉璧，对着柱子就要摔，秦昭襄王连忙向他赔不是，说："蔺大夫别误会了我的意思。我哪能说了不算呢？"他就叫大臣拿上地图来，指着说："从这儿到那儿，一共十五座城，全给赵国。"蔺相如心想：可不能再上当了！他对秦王说："好吧，不过赵王斋戒了五天，又在朝堂上举行了一个挺郑重的送玉璧的仪式。大王也应当斋戒五天，然后再举行一个接受玉璧的仪式。只有这样，我才敢把玉璧奉上。"秦王无奈，只好说："就这么办吧。"他叫人把蔺相如送到驿馆里去歇息。

渑池会

关于蔺相如，还有另一个有名的故事。

秦王派使者通知赵王在渑池（渑 miǎn）相会，赵王怕被秦国扣作人质，不想去，蔺相如说："大王不去赴会，显得我们赵国胆小、懦弱。"于是赵王就去和秦王相会。

到了渑池，席间，秦王对赵王说："听说您善弹瑟，请弹一曲给我听。"于是赵王弹瑟。秦国的史官走上前，写道："赵王为秦王弹瑟。"

蔺相如上前，说："听说秦王会击缶（fǒu），请秦王击缶助兴。"秦王大怒，不肯。蔺相如说："大王要是不答应，我就血溅大王一身。"秦王只好敲了一下缶。蔺相如对赵国的史官说："秦王为赵王击缶。"

直到酒宴完毕，秦国仍不能占据上风。

蔺相如拿着玉璧到了驿馆里。他想："五天后，仍然得不到那十五座城，得怎么办呢？"他就叫一个手下的人扮成买卖人，把那块玉璧藏在身上，偷偷地从小道跑回赵国去了。过了五天，秦昭襄王召集大臣们和几个在秦国的别国使者，都来参加接受玉璧的仪式。他想借着这个由头向各国夸耀一番。朝堂上坐满了人，气氛非常严肃。

传令官喊："请赵国的使臣上殿！"蔺相如不慌不忙地走上殿，向秦王行了礼。秦王见他两手空空，就对他说："我已经斋戒五天，开始举行接受玉璧的仪式吧。"蔺相如说："秦国自秦穆公以来，前后二十多位君主没有一个不重用欺诈的人。孟明视欺骗了晋国，商鞅欺骗了魏国，张仪欺骗了楚国……前车之鉴，我也怕被欺骗愧对赵王。我已经把那块玉璧送回赵国去了。请大王治我的罪吧！"

秦王大发雷霆，说："我依了你的话斋戒了五天。今天举行仪式，你竟把玉璧送回了赵国。是你欺骗了我还是我欺骗了你？"他说："把他绑上！"蔺相如面不改色地对秦王说："慢！请让我把话说完。天下诸侯都知道秦是强国，赵是弱国；天下只有强国欺负弱国，绝没有弱国欺负强国的道理。大王真想要那块玉璧的话，请先把十五座城交割给赵国，然后再打发使者跟我一块儿上赵国去取那块玉璧。赵国得到了十五座城之后，绝不敢不顾信义，得罪大王的。我的话说完了，请把我杀了吧。好在各国的使者都在这儿。他们都知道是我得罪了大王，不是大王欺负了弱国的使者。"

秦国的大臣们听了这番话，你瞧着我、我瞧着你，都不作声。各国的使者都替蔺相如捏了一把汗。两边的武士正要去绑他，秦昭襄王喝住他们，说："住手！"回头对蔺相如说："我哪儿能欺负先生呢？只不过是一块玉璧，我们不应该为了这件小事儿，伤了两国的和气。"

他隆重招待了蔺相如，放他回了赵国。秦昭襄王本来也不是一定要得到和氏璧的，不过要借着这件事去试探赵国的态度跟力量罢了。蔺相如这次的"完璧归赵"就表明了赵国不甘屈服的决心。

完璧归赵

这个成语故事在《史记·廉颇蔺相如列传》中有记载。

完，完整。璧，古时候一种扁圆形、中间有孔的玉器。蔺相如到秦国献和氏璧，见秦王没有用十五座城池换璧的诚意，便设法取回和氏璧并派人偷偷送回赵国。

后来，人们用"完璧归赵"比喻把物品完好无损地归还主人。

fù　jīng　qǐng　zuì
负荆请罪

　　蔺相如（蔺 lìn）智斗秦王，把和氏璧完好无损地送回了赵国，自己也全身而退。从此，赵王更加重视他，拜他为上卿，地位比大将廉颇还高。这可把廉颇气坏了。他回到家里，满脸通红，气呼呼地对自己的门客说："我是赵国的大将，拼着命替赵国打仗，立了多少汗马功劳！蔺相如只不过仗着一张嘴，有什么了不起的，倒爬到我的上头来了！有朝一日，要是撞到我的手里，哼！就给他个样儿瞧瞧！"

　　这话传到蔺相如的耳朵里，蔺相如开始到处躲着廉颇。他装病，不去上朝。即使有公事，也不跟廉颇碰面。蔺相如手下的门客都说他胆小，私底下替他抱不平。

　　有一天，蔺相如带着几个随从出门。真是冤家路窄，

战国四大名将

白起——秦国名将，被封为"武安君"，他善于用兵，在秦昭王时征战六国，为秦国统一六国做出了卓越的贡献。

王翦（jiǎn）——秦国名将，助秦灭赵、燕、楚，战功赫赫，秦始皇尊其为师。

廉颇——战国末期赵国名将，因勇猛果敢而闻名于诸侯各国。

李牧——赵国名将，战国末年东方六国最杰出的将领。可惜赵王中了秦国的反间计，将其杀害。

大老远就瞧见廉颇的车马迎面来了。他连忙叫车夫退到东口，换另一条道儿。等他们退到东口，不巧又瞧见了廉颇的车马。蔺相如只好叫赶车的再退回西口，万没想到廉颇的车马又把西口堵住了。蔺相如耐着性子，劝告车夫退到小巷里去躲一躲，等廉颇的车马过去了再出来。

这一来，蔺相如可把底下人都气坏了，他们私下里开了个会，派几个领头的去见蔺相如，说："我们远离家乡，投奔在您的门下，还不是因为敬仰您吗？如今您地位比廉颇高，他骂了您，您反倒害怕他，在朝上不敢跟他见面，半道上碰见他，也这么藏藏躲躲的，叫我们怎么忍受得了！要这么下去，人家还不得骑到我们脖子上来呀！我们只好跟您告辞了！"

蔺相如拦住他们，说："你们说廉将军跟秦王谁的势力大？"他们说："当然是秦王的势力大呀！"蔺相如说："对呀！天下的诸侯，哪个不怕秦王？哪个敢反对他？可是我蔺相如就敢在秦王的朝堂上当面骂他。我见了廉将军又怎么会怕呢？你们替我抱不平，难道我自己就没有火气吗？可是各位要知道，强横的秦国为什么不敢来侵犯咱们赵国呢？还不是因为咱们能同心协力抵御敌人吗？要是两只老虎斗起来，准是'两败俱伤'，秦国听说之后，准得来侵犯赵国。为了赵国，我只好忍气吞声。你们想想，是国家要紧呢，还是脸面要紧？"

底下的人听了这番话，一肚子的气全消了，打那儿起就更加佩服蔺相如了。蔺相如的门客碰见廉颇的门客的时候，都能够体贴主人的心意，让着他们几分。可是廉颇反倒越来越自高自大了。这件事情让赵国的一位叫虞卿（虞 yú）的名士知道了。他告诉了赵惠文王。赵惠文王就请他去做和事佬。

虞卿见了廉颇，先夸奖他的功劳。廉颇听了，挺高

兴。虞卿接着说："要论功劳，蔺相如比不上将军；要论气量，将军可就比不上他了。"廉颇听了，倔着性子问："他有什么气量啊？"虞卿就把蔺相如对门客说的话原原本本跟他说了一遍。廉颇当时脸就红了。虞卿说："秦王独霸天下，列国诸侯全都怕他，可是蔺相如却敢当面骂他，他为了国家，为了共同对抗敌国，小心翼翼地躲避着将军，这才是真正的勇敢哪！将军错把他看成了胆小鬼！"

廉颇听完，举起拳头，连连敲着自己的脑袋，他沮丧地低着头，说："我是个粗人。先生要是不说，我还被蒙在鼓里呢！这么说来，我……我太对不起赵国了！"

说完，廉颇赤裸着上身，背着荆条（荆 jīng），跑到蔺相如家里，跪在地上，对蔺相如说："我廉颇见识少，气量小。您一再容忍我，我实在没有脸面来见您哪。请您只管责打我，就是把我打死了，我也心甘情愿。"蔺相如连忙跪下，说："咱们两人一心一意地辅佐君王，都是重要的大臣。将军能够体谅我，我已经感激万分了，怎么还来给我赔不是呢？"廉颇连话也说不出来，只是流着眼泪。蔺相如也哭了。两个人挺亲热地抱着，好久不放。

从那以后，廉颇和蔺相如不但和好如初，还成了知心的朋友。

负荆请罪

这个成语故事在《史记·廉颇蔺相如列传》中有记载。

负，背；荆，荆条，古代用来鞭打人的刑具。蔺相如面对廉颇的刁难，以国家利益为重，处处退让，廉颇知道后十分悔恨，袒肉负荆，至蔺相如门谢罪。

后用"负荆请罪"表示主动向对方承认错误，真心诚意地赔礼道歉。

远交近攻
yuǎn jiāo jìn gōng

　　魏国有个人叫张禄，他原名范雎（jū），是魏国大夫须贾（gǔ）的一个门客。一日，齐王打发须贾去齐国访问，须贾就带着范雎一块儿到了齐国。

　　齐王见了范雎，谈吐间感觉他是个人才，就私底下找人给他送去十斤金子、一斤牛肉和一坛子好酒，想请他留在齐国做个客卿。范雎重信义，说什么也不答应。

　　范雎私会齐王的消息很快传到了须贾耳朵里，须贾疑心范雎私通齐国，等回到魏国之后，他就把这事跟相国魏齐说了。魏齐疑心更重，他命人把范雎按在地上，噼里啪啦打了一百板子。打到后来，范雎连一点儿声音也没有了。可是须贾却站在一旁，只是冷笑。魏齐让人用一张破席子把他卷了，扔到了茅房里，还让宾客往他身上撒尿，临走的时候说："这个奸臣，死了正好！"

　　范雎慢慢醒了过来，见只有一个下人在那看守着他，就把藏在家里的几两金子全都给了他。那个下人把他救了出去，并送到范雎的好友郑安平家中。郑安平帮范雎化名为张禄，并向秦国的使臣王稽（jī）推荐了他。王稽发现张禄确实非同一般，就把他带回了秦国。

　　张禄在客馆一直住了一年多，秦昭襄王压根就没召见过他一回。张禄觉得挺失望。有一天，他在街上走，听街上的人讲论，说穰侯（穰 rǎng）要去攻打齐国的刚寿。张禄拉住一位老大爷，问他："齐国离着秦国这么远，中间还有韩国和魏国，怎么跑到那么远去打刚寿？"那个老大爷咬着耳朵对他说："你还不知道吗？陶邑是丞相的封邑。刚寿跟陶邑紧挨着。丞相要把它们打下来，不是增加自个儿家的土地吗？"

张禄回到客馆，当天晚上就给秦昭襄王写了封信，大意说："下臣张禄禀告大王：我在客馆里已经住了一年多。大王要是认为我有点儿用处，那么就请给我一个朝见的日子，我还有挺要紧的话想跟大王说一说。说不说在我，听不听在大王。万一我话说得不对，大王只管把我治罪。"秦王看了这封信，一时想不起来张禄是谁。后来他从那些"客馆里"，"一年多"，"推荐我的人"几句话里头，才想起王稽来了。就叫王稽去约张禄上宫里来。

张禄进了宫，碰巧碰见秦王坐着车过来。他不迎接，也不躲避，大模大样地照旧走他的道。秦王的卫士叫他躲开，说："大王来了！"张禄回说："什么？秦国还有大王吗？"正在争吵的时候，秦昭襄王到了。张禄还在那儿嚷嚷说："秦国哪儿有什么大王呢？"

当时的秦国，秦宣太后把持着朝政已经四十多年。穰侯魏冉、华阳君芈戎（mǐ róng）、高陵君公子悝（kuī）、泾阳君公子芾（fú）四人各立门户，统治着秦国，称为"四大贵族"。这四人的财力和势力甚至超过了秦王。

张禄的那句话正说到了秦昭襄王的心坎上。一问，他就是张禄，就恭恭敬敬地把他迎接到宫里去。秦昭襄王叫左右都退出去，向张禄拱了拱手，说："请先生指教！"张禄说："哦，哦！"可别的一句话也不说。秦王见他还不说话，就又说："请先生指教！"张禄仍然不言语。秦王第三回挺真心实意地请求说："难道先生认为我是不值得教导的吗？"张禄说："从前姜太公碰见了文王，给他出了主意，文王灭了商朝，得了天下。比干碰见了纣王，给他出了主意，倒被纣王给杀了。这是什么缘故？还不是因为一个信服一个不信服吗？如今我跟大王虽没有多深的交情，可我要说的话却是非常深。我怕的是'交浅言深'，也像比干那样自招杀身之祸，因此大王问了我三回，我都不敢张嘴。"

秦昭襄王说："我仰慕先生大才，才叫左右退出去，

姜太公与文王、比干与纣王

姜子牙，俗称"姜太公"。他因佐周武王伐纣有大功，被封为齐太公，成为齐国的始祖，是赫赫有名的"千古一相"。

商纣王荒淫无度。太师比干三天三夜不离摘星楼，斥责妲己祸乱天下，并要纣王改过自新，以振朝纲。他对纣王说："不修先王的典法，而用妇言，大祸不远矣！"后来，比干被纣王处以剜心之刑。他被后人誉为"亘古第一忠臣"。

诚诚恳恳地请先生指教。不管是什么事，上自太后，下至大臣，请先生只管实实在在地说，我没有不愿意听的。"张禄说："大王能给我这么个机会，我就是死了也甘心。"说着他拜了一拜，秦王也向他作了个揖。君臣俩就谈论起来了。

张禄说："论起秦国的地位来，哪个国家能有这么多天然的屏障？论起秦国的兵力来，哪个国家能有这么多战车、这么多强壮的士兵？论起秦国的人来，哪个国家的人也没有这么遵守纪律、爱护国家的！除了秦国，还有哪国有能力管理诸侯、统一中国呢？大王虽说有心要一统大业，可是几十年来也没有多大的成就。您想过这是为什么吗？这是因为秦国只知道一会儿跟这个诸侯订立盟约，一会儿跟那个诸侯打仗，根本没有个固定的政策。听说最近大王又听信了丞相穰侯的话，发兵去打齐国。"

秦王插嘴问："这有什么不对吗？"张禄说："齐国离着秦国多远哪，中间还隔着韩国和魏国。要是派出去的兵马少了，就得被齐国打败，让各国诸侯取笑；要是派出去的兵马多了，又担心家里头会出乱子。即使能顺利打败齐国，也得叫韩国和魏国捡了便宜，大王又不能把齐国搬到秦国来。您还记得当初魏国越过赵国把中山打败了，后来中山到底还是让赵国吞并了吗？为什么？还不是因为中山离赵国近，离魏国远吗？我替大王着想，最好是一面跟齐国、楚国交好，一面去打韩国跟魏国。离着远的国家既然与我们有了来往，就不会去管跟他们不相干的事情。把近的国家打下来，就能够扩张秦国的地盘，打下一寸就是一寸，一尺就是一尺。等到把韩国和魏国兼并之后，齐国和楚国还站得住吗？这种像蚕吃桑叶似的由近而远的法子叫'远交近攻'，没有比这个法子更妥当的了。"

秦昭襄王听完，拍着手说："秦国要想实现兼并六国，统一中原的大业，全靠先生的'远交近攻'了！"

秦昭襄王当时就拜张禄为客卿，下令照着他的计策去做。他先把攻打齐国的兵马都撤了回来，确定了以韩国和魏国为首选的进攻目标。

远交近攻

"远交近攻"是三十六计中的第二十三计，也是战国时候范雎向秦王提出的一种外交策略。范雎提议：将地理位置较近的韩国、魏国作为秦国兼并的主要目标，同时与地理位置较远的齐国等国保持良好关系，使得秦国逐一兼并六国，成为统一的秦朝政权。

成语的本义是结交远方的国家，进攻邻近的国家。后来，"远交近攻"泛指待人与处世的一种手段。

yá zì bì bào
睚眦必报

　　范雎（jū）到了秦国，被秦昭襄王拜为客卿。他向秦王提出了"远交近攻"的策略，秦国接连打了好几次胜仗，范雎又被秦王拜为丞相。范雎对秦王说了他不叫张禄，原名范雎，又把当年齐王怎么送他金子要留他做官，他怎么推辞，受了冤枉，魏齐怎么把他打死，又活了，怎么更名改姓逃到秦国这些往事从头到尾说了一遍。秦王听了，说："我不知道你受了这么大的委屈，魏齐的仇，不能不报。"

　　这时，魏安僖王（僖 xī）打发须贾（gǔ）到秦国求和。范雎就跟须贾说："秦王虽然答应了讲和，但是魏齐的仇不能不报。你回去跟魏王说，快把魏齐的脑袋送来，再把我家眷好好地送到秦国，两国就此和好；要不然，

我就亲自领着大军打到大梁去。那时候，可别后悔！"

须贾谢过了范雎，就两个肩膀扛着个脑袋，连夜回去。他见了魏王，把范雎的话学说了一遍。魏王一听，当时脸就绷了，嘴唇也白了。他情愿好好地把范雎的家眷派人送到秦国去，可是叫他砍去相国的脑袋，这怎么行呢？

魏齐听说秦王向魏王要他的脑袋，连夜逃到赵国投奔平原君赵胜去了。魏安僖王打发人护送范雎的家眷上咸阳，还送了一百斤金子、一千匹绸缎给他家眷，托他们带个话，就说"魏齐已经偷着跑到赵国去了，魏国实在是没办法"。范雎把这事禀告了秦王。秦王说：

范雎为什么没有杀须贾？

魏王听说秦国的丞相是魏国人，就派须贾去拜见。范雎装扮成落魄的样子去见须贾，须贾殷勤地招待了他，并赠送给他一件茧绸大袍子。

当须贾得知范雎就是受到秦王重用的张禄时，诚惶诚恐，范雎数落了他的罪状，却看在他赠给自己茧绸大袍的份儿上，没有杀他，放他回了魏国。

"秦国跟赵国向来有交情，当初在渑池会（渑 miǎn）上又结为兄弟，为的是叫赵国不再为难秦国。如今赵王居然敢收留丞相的仇人，丞相的仇人就是我的仇人，这回非去征伐他不可。"

秦王亲自统领着二十万大军，带了大将王翦（jiǎn）去攻打赵国，很快就打下了三座城。这时候，蔺相如（蔺 lìn）已经因病告退了，赵孝成王拜虞卿（就是给蔺相如和廉颇当和事佬的那个人）为相国，叫大将廉颇去抵挡秦兵，又打发人去齐国请救兵。齐国派大将田单带领十万大军去救赵国。廉颇和田单都是出了名的大将，他们联合起来，王翦未必能占上风。

王翦禀告秦王，说："赵国重用廉颇跟平原君，一时半会儿不容易打下来，再说又加上个齐国。咱们不如暂且先退兵，以后再说吧。"秦王说："我捉拿不到魏齐，回去哪儿有脸见范相呢？"他就打发使者去对平原君说："这回我们上贵国来，就是为了魏齐。只要贵国把他交出来，我们立刻退兵。"平原君回答说："魏齐根本就没上我这儿来，请别听信外面的谣言。"

秦国的使者来回跑了三四趟，平原君说什么也不认账，弄得秦王一点儿法子也没有。要是开仗吧，又怕齐国和赵国联合到一块儿，秦国未必赢得了；退兵吧，魏齐就捉拿不到了。他前思后想了好几天工夫，到底想出个主意来。

秦王给赵孝成王写了封信，说：

"敝国和贵国原来是兄弟，多年交好。我听人说魏齐住在平原君家里，才上这儿来要人。如今魏齐既然果真没在贵国，我就回去了。这回我们打下来的三座城，照旧归还给贵国，咱们还是照旧交好吧。"

赵孝成王也打发个使者去给秦昭襄王道谢。

田单听说秦国退了兵，就回齐国去了。秦王回到函

谷关就给平原君写了一封信，请他上秦国来一趟，喝喝酒，聊聊天，大伙儿聚一聚，交个朋友。平原君拿了那封信去给赵孝成王看。赵孝成王没有主意了。相国虞卿就拿从前楚怀王和孟尝君做例子，主张不去。大将廉颇拿当初蔺相如做例子，主张还是去好。赵孝成王岁数小，又是鸡毛小胆儿，不敢得罪秦国，思前想后还是打发平原君去了咸阳。

睚眦必报

这个成语出自《史记·范雎蔡泽列传》："一饭之德必偿，睚眦之怨必报。"

睚眦，发怒时瞪眼睛。这句话的意思是，即使是一碗饭的恩惠也要报答，即使是瞪了一眼的仇怨也要报复。范雎在得到秦王重用后，帮助举荐他的王稽和郑安平当上了大官，还散尽家财报答那些曾在他落魄时给予他恩惠的人。但对于仇人，范雎也没有手软。可以说是恩怨分明了。

后来，这个成语用来形容人心胸狭窄、度量小。

huàn nàn zhī jiāo
患难之交

平原君到了咸阳，秦王特别热情地招待他，天天喝酒谈心。两个人挺"投缘"，交上了"朋友"。秦王给平原君斟了一杯酒，说："我有件事情跟您商量。要是您肯答应的话，就请干了这杯酒。"平原君说："大王的命令，我哪儿敢不听从。"他就把那杯酒干了。秦王说："从前周文王得到了吕尚，尊他为太公；齐桓公得到了管仲，尊他为仲父。如今范雎就是我的太公，我的仲父。这样，范君的仇人就是我的仇人。如今魏齐躲在您府上，请您打发个人去把他的脑袋拿来，替范君报了仇，我必定感激您这份情义！"

平原君说："酒肉朋友不足道，患难之交才可贵。魏齐是我的朋友，他如今有了难处，正是要朋友帮忙的时候，我不能做出卖友求荣的事，更何况他并不在我那儿。"

秦王被拒绝，翻了脸，说："那我可就不能放您回去了！"平原君说："全凭大王。大王叫我来喝酒，我就遵命来了。如今大王威胁我，我也不在乎。好在是非曲直，天下自有公论！"秦王知道平原君决心不交出魏齐来，就把他软禁在宾馆里。接着又给赵王写了一封信。

信上说：

　　平原君在秦国，我的仇人魏齐在平原君家里。请把魏齐的人头送来，我就把平原君送回去。要是贵国一定要袒护魏齐，那我只好亲自带领大军上贵国来要人了！

赵孝成王接到这封信，连忙召集大臣们，对他们说："咱们为了别国的一个亡命徒，把秦国得罪了，害得平原君被扣在秦国，赵国还即将要遭受兵荒马乱，这也太说不过去了。"大臣们觉得这话很对，都同意派兵把平原君的家围起来。谁知道平原君的门客早就偷着把魏齐放走了。魏齐连夜跑到相国虞卿家里，求他收留。虞卿说："赵王惧怕秦国。我看您还不如去找魏公子无忌。

听说他慷慨仗义，招收宾客，天下的亡命徒都投奔他去。再说他跟赵公子又是亲戚，准能收留您。只不过您是被通缉的人，单独一个人也出不了赵国呀？"

魏齐哭丧着脸，急得没有办法。虞卿想派个人送他去，又怕走漏风声，反倒害了他。末了，他下了决心，说："还是我跟您一块儿走吧！"他当时就舍弃了相国的职位，交出了相印，给赵孝成王留下一封信，带着魏齐上大梁投奔信陵君去了。

虞卿弃了相位，带着魏齐好不容易才跑出了赵国，一路上往大梁跑去。魏齐在半道上对虞卿说："我怕信陵君未必能像您这么热心。他要不肯把我收留下，不就辜负了您这片好心了吗？"虞卿说："您在魏国，还不知道他吗？我说段事情给您听听，您就知道了。"虞卿对魏齐说："我曾听人说过信陵君救斑鸠（jiū）的故事，都称赞他的心眼儿好。"他就把那段故事说了一遍。

据说有一天，信陵君正在吃早饭，看见一只鹞鹰（鹞yáo）追着一只斑鸠。那只斑鸠急得无处可逃，就飞到信陵君身边。信陵君把它藏起来，把那只鹞鹰赶跑了。他等那鹞鹰飞去了，才把那只斑鸠放了出去。哪儿知道那只鹞鹰原来没飞走，它藏在房檐上等着呢，一见斑鸠出来，就把它抓去吃了。信陵君心里一阵悲痛，他埋怨

自己说："斑鸠遇了难来投奔我，我却没保住它的命。我怎么对得起它呢？"他难受得一天没吃饭。

第二天，信陵君的门客们给他逮了几十只鹞鹰，一只只圈在笼子里送来，让他发落。信陵君说："害斑鸠的只有一只鹞鹰，我哪儿能不分青红皂白地乱杀呢？"他拔出宝剑来跟那些鹞鹰说："没吃斑鸠的冲我唤一声，就放了你们。"说也新鲜，那些鹞鹰都叫起来了，只有一只低着脑袋不出声儿。他就把那只宰了，其余的全都放了。从此，人们都说信陵君连只斑鸠都不愿意辜负，对人那就更不必说了。因此，虞卿推测信陵君无忌准能收留他们。

魏齐说："这件事我听说过。可是他收留我比收留斑鸠还难。因为秦王比鹞鹰可厉害得多了！"虞卿只是

安慰他，叫他把心放宽了。他们到了大梁城外，虞卿说："您在这儿等着，我先去见信陵君，请他来迎接您。"虞卿到了信陵君的门房里，把自己的名字报了进去。信陵君正在洗脸，一听虞卿到了，吓了一大跳，说："他是赵国的相国，怎么会上这儿来了呢？"他叫自己的门客先请虞卿坐一坐，问他上这儿来有什么事。虞卿就把魏齐得罪了秦国，自己扔了相印，跟他一同来投奔信陵君的话说了一遍，请那位门客赶紧去回报。

信陵君知道了他们的经过，心里害怕秦国，不敢收留魏齐。可是虞卿老远地到这儿来，怎么能够拒绝他呢？这可真是叫他进退两难，一时想不出妥当的办法来。他这一犹豫，工夫可就大了。虞卿等得心里不耐烦。他想，魏齐猜对了，公子无忌果然怕"鹞鹰"。

魏安僖王与信陵君

信陵君是魏安僖王的亲弟弟。对于这个弟弟，魏安僖王内心极其矛盾：信陵君活着，面对能够礼贤下士，威望很高的弟弟，他惧怕自己的王位受到威胁，处处加以提防，寝食难安；信陵君死后，面对秦国的进攻，魏国无人出战制敌，他又忧愁不已。

虞卿赌气走了。信陵君出来，皱着眉头，问门客们，说："虞卿是怎样一个人？"有个叫侯嬴的老头儿在旁边冷笑了一声，说："一位堂堂的相国，为了一个落难的朋友，扔了相印，抛了荣华富贵跟他一块儿逃难。像这种雪里送炭的人，天下能找得出几个来？公子还问他是怎么个人！"

信陵君一听侯嬴这种扎心的话，觉得面子上挺不好看，立刻赶着车，亲自去追虞卿。虞卿到了城外，含着眼泪对魏齐说："原来信陵君真不是大丈夫。他怕秦国，不敢收留咱们。咱们还是上楚国去吧。"

魏齐摇了摇头，说："这连累了赵公子，又连累了您。万一楚国也怕秦国，我怎么对得起您呢？你们两人的情谊，我只能下辈子报答了！"说着，他就自杀了。虞卿连忙去抢宝剑，已经来不及了。

虞卿正在难受的当儿，忽然听见车马的响声。回头一瞧，信陵君正往这边赶来。虞卿不愿跟他见面，急忙躲进了树林子。打那儿起，他不再做官，专心著作，写了一部书，叫《虞氏春秋》。信陵君见了魏齐的尸首，就从车上蹦下来，趴在上头哭着说："哎呀，是我晚了一步！这是我的不是。"他只得把那尸首带回去。

等到信陵君正要安葬魏齐的那天，赵国的使臣到了。

原来赵王一听说魏齐跟着虞卿跑了，就打发人到处去找。后来他得到魏齐在魏国自杀的消息，立刻打发使臣去见魏王要魏齐的人头，好去换回平原君来。

信陵君哪儿能答应啊！使者挺恳切地说："平原君他跟您一样也想保护魏齐，才被秦王扣了起来。要是魏齐活着，我也不敢这么说。可如今他人已经死了，您总不至于为了一个死人的脑袋，让赵公子一辈子当秦国的俘虏吧！"信陵君没有办法，就皱着眉头，拿木头匣子装了魏齐的人头，交给了赵国的使臣，让他们放平原君回了赵国。

> **患难之交**
>
> 患难，艰难危险的处境；交，朋友。"患难之交"的意思是一起经历过危险艰难的处境而有着深厚友情的朋友。
>
> 故事中的虞卿为了救魏齐，舍弃了相国的职位，带他去投奔魏公子无忌，可以称得上是患难之交。

zhǐ shàng tán bīng

纸上谈兵

　　秦昭襄王按照范雎（jū）"远交近攻"的计策，一边跟齐国、楚国交好，一边侵略邻近的小国，首先是韩国。公元前261年，秦昭襄王派大将王龁（hé）攻打韩国，占领了野王城，切断了上党和韩国都城的联系。这一来，上党的军队可就变成了孤军了。这部分军队的首领冯亭对将士们说："与其投降秦国，还不如去投降赵国。赵国得到了上党，秦国准得去争。那样赵国就不得不去抵抗秦国了。"大伙儿全都赞成他这个办法。当时就打发使者带着上党的地图去献给赵孝成王。

　　赵孝成王命相国平原君带领五万人马到上党去接收土地。平原君到了上党，仍然命冯亭为上党太守。平原君临走的时候，冯亭对他说："上党归了赵国，秦国一定来攻打。公子回去之后，请赵王快派大军来，才能够把秦军打退。"平原君回去把所有的经过报告给了赵孝成王，赵孝成王得了上党，非常高兴，天天喝酒庆祝，反倒把抵抗秦国的事搁下了。

秦国的大将王龁随后就把上党围住。冯亭这点儿军队不顾死活地守了两个月一直不见赵国的救兵。将士们和老百姓急得没有法子，只好开了城门，拼着死命往赵国逃跑。冯亭的残兵败将，带着上党的难民，一直到了长平关，这才碰见赵国的大将廉颇带着二十万大军来救上党，可是上党已经丢了。廉颇和冯亭会合在一起，打算反攻。

秦国的兵马跟着也到了，一下子把赵国的前哨部队打败了。廉颇急忙退下去，守住阵脚，叫士兵们增高堡垒，加深壕沟，准备跟远来的秦军做个长期的对峙。他出了一道命令，说："谁要出去跟敌人开仗，就有死罪，就算打了胜仗，也照样定罪。"王龁几次三番地向赵军挑战，赵军说什么也不出来。两下里耗了足有四个多月，王龁实在想不出进攻的法子，就派人去禀报秦昭襄王，说："廉颇是个有经验的老将，不轻易出来交战。真要是这么长期对峙下去，粮草接济不上，可怎么办呢？"秦昭襄王让范雎想办法。范雎说："要打败赵国，必须先想个办法叫赵国把廉颇调回去。"秦昭襄王说："这哪儿办得到呢？"范雎说："让我试试看。"

过了几天，赵孝成王听见有人议论："廉颇太老了，哪儿还敢跟秦国开仗啊！要是叫那年轻力壮的赵括去，秦国这点儿兵马早就被他打散了。"赵孝成王听了这种议论，就真派人去催廉颇快点儿跟秦国开仗。廉颇还是照旧不动声色地守着阵线。这下子可把赵孝成王气坏了。他把赵括叫来，问他能不能把秦军打退。赵括说："要是秦国派白起来，我还需要考虑一下。可如今来的是王龁，他只能算得上是廉颇的对手。要是碰上我，不是我吹牛，简直就像秋天的树叶子遇见大风，全都得刮下来！"赵孝成王一听，特别高兴，当时就拜他为大将，去替换廉颇。

赵括还没动身，他母亲上了一道奏章，请求赵孝成王别派她儿子去。赵孝成王不知道其中底细，把她召了来。赵括的母亲见了赵孝成王，说："他父亲赵奢临死的时候，再三嘱咐过，他说：'打仗是多么危险的事儿，战战兢兢，深思熟虑还怕有疏忽的地方。赵括这小子却把军事当作儿戏，一谈起兵法来，就滔滔不绝，目中无人，纸上谈兵。将来要是大王用他为大将的话，我们一家大小遭了灾祸还在其次，怕的是连国家都要断送在他手里。'为这个，我请求大王千万别用他。"求胜心切的赵孝成王根本听不进去，他说："我已经决定了，你不必说了。"赵括母亲说："万一有个三长两短，请别连累我们一家老小。"赵孝成王答应了她，命赵括带领

东方六国八名将

据《过秦论》记载，论制兵，八名将指的是吴起、孙膑、带佗、田忌、王廖、倪良、廉颇和赵奢。东方六国指的是战国时期秦国崤山以东的魏国、赵国、韩国、燕国、齐国和楚国。

二十万兵马，从邯郸一直向长平关开去。

赵括到了长平关，请廉颇验过兵符，办了移交。廉颇带着一百多个手下回邯郸去了。赵括统领着四十万大军，声势浩大。紧跟着他就把廉颇的法令废了，换了一批将士，下了一道命令，说："要是秦国来挑战，必须迎头打回去；敌人要是打败了，就一直追下去，非要杀他个片甲不留。"冯亭极力劝阻，把廉颇打算消耗秦国兵马的意义说了一遍，还劝他像廉颇那样死守阵地。赵括满不在乎地说："他懂得什么？"

当天就有两三千的秦国士兵来挑战。赵括立刻出兵一万，跟他们交战，秦国兵马败了下去，退了十几里地。赵括眼见前哨得胜了，第二天他亲自率领大队兵马追赶下去，还命令后队跟上。冯亭赶紧拦住他，说："秦国人向来狡猾，将军千万别上他们的当。"赵括哪里肯听。他带着士兵一气又追出去十几里地。王龁只好反攻为守，不跟赵括交战。赵括进攻了好几天，王龁不让秦国军队出去。赵括乐着说："我早就知道王龁不过如此！"

赵括正在得意的当儿，忽然一位将军慌慌张张地跑来报告，说："后队的大军被秦国人切成两截，过不来了。"话还没说完，接着又有一位将军跑来报告，说："西边全是秦国的军队，东边一个人也没有。"赵括只得指挥着军队，往长平关退却。他们跑了四五里地，横斜里钻出一队人马来，带队的是秦国的大将蒙骜（ào）。就听蒙骜高声喊话："赵括，你中了武安君的计了！还不快快投降！"赵括一听到"武安君"三个字，吓得脸色都白了。他早就说过，他不怕王龁，就怕武安君白起。哪儿知道范雎一得到赵括替换了廉颇的信儿，就暗中叫武安君白起去指挥王龁的军队。

赵括吓坏了，他连忙在半道上驻扎下来，准备守在那儿。冯亭对他说："咱们虽说打了一阵败仗，要是大家伙儿同心协力，跟秦军拼个你死我活，咱们还能够回到大营去。要是在这儿驻扎下来，万一被他们前后围起来，咱们说什么也跑不了啦！"赵括不理他，照旧吩咐士兵们筑堡垒，也不跟敌人交战。白起把他们围了个水泄不通。赵括的大军就这么变成了孤军，他们守了四十六天，受尽艰难困苦，眼瞧着粮草接济不上，救兵也没有。赵括只得把大军分为四队，想从四面突围。白起早就挑选了弓箭手，四下里埋伏着。赵国军队一出来，乱箭像狂风暴雨似的一齐射了过来。他们一连气往外冲了三四回，全被秦军的箭射得退了回去。赵括的人马实在冲不出去，在那圈儿里又强挺了几天。

士兵们眼见内无粮草，外无救兵，就乱了阵脚。赵括带着五千名精兵做最后的挣扎。他首先骑着一匹快马冲出去。没想到迎头来了两位大将，一瞧正是王翦和蒙骜。赵括哪儿还敢对敌？急忙往横斜里跑下去，没留神踩了个空，连人带马掉下去，被乱箭射死了。主帅死了，赵国军队大乱起来。那些有本事的将军，趁着乱哄哄的当儿，有的冲了出去。冯亭叹了一口气，说："我接连劝了他三回，他死都不听，这真是无可奈何，我还跑个什么呢？"他就自杀了。

白起叫人竖起一面大旗，叫赵军投降。赵军一见，全把家伙扔了。白起又叫人挑着赵括的脑袋，上赵国另一个兵营去招抚其余的士兵。那边赵国兵营里还有二十多万人。他们一听说主将被杀，全都投了降。白起一检查赵国前后投降的人数，总共有四十多万人。他把他们分为十个营，每营配上秦国的士兵，由秦国的将官管理着。

当天晚上，白起命人把牛肉和酒都搬到赵国兵营里来，给赵国的将士们大吃了一顿，吃完对他们说："明天武安君要改编军队。赵国的士兵情愿编在秦国兵营里的都发给兵器，其余年岁大的，身子不太好的，还有不愿意或是不便去秦国去的，武安君都让他们回赵国去。"四十万赵兵一听到这个命令，大家伙儿全都欢天喜地地

睡觉去了。

王龁偷偷问白起："将军干吗这么优待他们？"白起叹口气，说："别傻了！上回你打下了野王城，上党不是早就在你手里了吗？可是他们不愿向你屈服，反倒投降了赵国。打这儿就能看出这儿的人并不是心甘情愿归附秦国的。如今赵国投降的人数，前前后后有四十多万，随时随地都能叛变。谁管得住他们？你去通知咱们那十个将军，叫每个秦国人都拿块白布包上脑袋。这么着，凡是脑袋上没有白布的，全是赵国人，把他们统统杀了。"

秦国的士兵们得到了这个密令，一齐动起手来。那些投降了的赵国人，一来没有准备，二来手里没有家伙，全被秦国人捆住了。白起叫人刨了好些个大坑，把俘虏全都埋了。

这是战国时期最残酷的一次大屠杀。赵国四十多万士兵，一夜工夫，只剩下二百四十人，叫他们活着回邯郸去传扬秦国的"威力"。

纸上谈兵

　　这个成语出自《史记·廉颇蔺相如列传》。

　　兵，指用兵打仗的策略。战国时，赵国的名将赵奢之子赵括从小熟读兵书，却没有实战经验。长平之战，赵括率领的四十万兵士全部被杀。

　　后来，"纸上谈兵"用来比喻只会空谈理论，却不能解决实际问题。

máo suì zì jiàn
毛遂自荐

　　赵国的邯郸（hán dān）被秦兵围困一年多的时候，赵王派平原君赵胜向楚国求救，一起订立"合纵"的盟约。平原君打算带二十个文武全才跟他一块儿去楚国。

　　平原君手下三千多个门客，要挑选二十个人本来不算难事。可是这些门客有的擅文，有的擅武，要文武全才还真不易找。他挑来选去，总算挑出了十九个人，这可真把他急坏了。他叹了口气，说："我费了几十年工夫，养了三千多人，如今连二十个人也挑不出来，真太叫我失望了！"那些个平日就知道混吃混喝的门客这时候恨不得地上有个老鼠洞能钻进去。

　　忽然，有个很不起眼的门客站起来，说："不知道我能不能凑个数？"话还没说完，就有好些人都斜着眼

战国四公子

战国末期，"养士"之风盛行，各诸侯国贵族为了扩大自己的势力，广招门客。其中最著名的有魏国的信陵君魏无忌、齐国的孟尝君田文、赵国的平原君赵胜、楚国的春申君黄歇，后人称其为"战国四公子"。

睛骂他，差点儿把他吓回去。平原君笑着问："你叫什么名字？"答说："我叫毛遂，大梁人，到这儿三年了。"平原君冷笑了一声，说："有才能的人就好像一把锥子放在兜子里，它的尖儿很快就能露出来。可是先生在我这儿三年了，我就没见你露过一回面。"毛遂也冷笑了一声，说："那是因为我到今天才叫您看了这把锥子！您要是早点儿把它搁在兜子里，它早就戳出来了！"

平原君佩服他的胆子跟口才，就拿他凑上了二十人的数，当天辞别了赵王，上楚国去了。

到了楚国，他和楚王在朝堂上讨论着合纵抗秦的事，毛遂和其余十九个人站在台阶底下等着。平原君把嘴皮子都磨破了，楚王说什么也不同意合纵抗秦。他说："合纵抗秦原是贵国提倡的，可是却没有什么成果。以目前的形式来看，各国诸侯就只能自己顾自己，谁要打算联合，谁就先倒霉。"平原君说："如今秦国二十万大军，把赵国邯郸围了足足有一年工夫，还不能得胜。要是各国的救兵联合在一块儿，准能把秦国打败，中原就能太平几年。"

楚王又提出一个不能帮助赵国的理由来，说："秦国最近跟楚国交好，楚国要是加入了合纵，秦国准得把火气全撒到楚国头上来，这不是叫我楚国代人受过吗？"平原君反驳他，说："秦国为什么要跟贵国交好呢？还不是为了一心要灭三晋（韩、赵、魏）？等到三晋灭了，贵国还能保得住吗？"

楚王惧怕秦国，愁眉不展地总是不敢答应平原君，楚王有些不好意思地低着脑袋，抓抓耳朵，挠挠头皮。突然他瞧见一个人拿着宝剑，上了台阶，跑到他跟前，嚷着说："合纵不合纵，只要一句话就行了。怎么从早晨说到现在，太阳都要下山了，还没定下来呢？"楚王问平原君，说："他是谁？"平原君说："是我的门客，毛遂。"楚王就骂他，说："咄（duō）！我跟你主人商量国家大事，你来多什么嘴？还不滚下去！"

毛遂拿着宝剑，往前迈了一步，说："合纵抗秦是天下大事。天下大事天下人都有说话的份儿。这怎么能叫多嘴呢？"楚王听他说话挺有劲，有点儿害怕了，只

好换了副笑脸，对他说："先生有什么话要说？"

毛遂说："楚国原本有五千多里土地，一百多万将士，原本是个大国。自从楚庄王以来，一直做着霸主，曾是多么辉煌啊！没想到被秦国后来居上，楚国连着打败仗，堂堂的国君当了秦国的俘虏，还死在敌国。这是楚国莫大的耻辱。紧接着白起那小子，又把楚国的国都改成了秦国的郡县，逼得大王只好迁都到这儿来。这种仇恨，十年、二十年、一百年也忘不了！相信把这么天大的仇恨说给小孩子听，连他们都会难受，难道大王就不想报仇吗？今天平原君来跟大王商议抗秦的事，哪儿单单是为了赵国，也是为了你们楚国呀！"

毛遂的这段话句句就像锥子似的扎在楚王的心上。他不由得脸红了，连连点着头，说："是！是！"毛遂

又追问了一句："大王决定了吗？"楚王说："决定了。"
毛遂当时就叫人拿上鸡血、狗血和马血来。他手捧盛着
血的铜盘子，跪在楚王跟前，说："大王做合纵的纵约
长，请先歃血（歃 shà）。"楚王和平原君就当场歃血
为盟。台阶下那十九个人全都佩服得五体投地。

毛遂自荐

这个成语出自《史记·平原君列传》。

毛遂，是战国时赵国平原君的门客。
自荐，自己推荐自己。毛遂在平原君去
楚国搬救兵的时候，自己推荐自己一同
前往，到了楚国，毛遂直陈利害，说服
楚王派兵救赵国。

后来，人们用"毛遂自荐"比喻自告
奋勇，自己推荐自己做某事。

qí huò kě jū

奇货可居

　　平原君和二十个门客回到赵国，天天等着楚国和魏国的救兵。等了好些日子，连一个救兵也没来。平原君叫人去打听，才知道楚国的春申君黄歇带着八万兵马驻扎在武关，魏国的大将晋鄙带着十万兵马，驻扎在邺下（邺 yè）。这两路救兵全都停下了，也不前进，也不后退，很是蹊跷。

　　原来，秦王听说魏和楚发兵去救赵国，就亲自跑到邯郸那边去督战。他派人去对魏王说："邯郸早晚得被秦国打下来。谁要去救，我就先打谁！"魏王吓得连忙派人去追晋鄙，叫他别再往前走了。晋鄙就在邺下驻扎下来。春申君听说魏国的军队不再往前进，也把军队驻扎在了武关。秦王这边唬住了两路救兵，那边命大将王龁（hé）加紧攻打邯郸。

这天清晨，秦兵逮住了几个赵国的探子，后来问清楚，其中一个原来是王孙异人，秦国太子安国君的儿子。

原来，自从渑池之会（渑 miǎn）以后，异人一直留在赵国做质子。赵孝成王因为秦国屡次发兵来犯，早想把异人杀了。平原君拦住他，说："秦太子有二十几个儿子，异人是最不重要的一个，杀了他又有什么用呢？不如留着，没准以后还能有个退路。"赵孝成王这才没杀他。不过，打从那时起，就不怎么供给他吃穿了。异人只好闷闷不乐地过着苦日子。

这个落难的王孙引起了赵国一位富商的注意。这个人就是吕不韦。他认为这位落魄的王孙是个"好货色"，可以囤积一下，等到行情起来，定能卖个好价钱。吕不韦问父亲："种地能够得到几倍利益？"他父亲说："十倍。""做珠宝生意呢？""一百倍。"吕不韦又问：

"要是立一个国君，平定一个国家，能够得到几倍利益呢？"他父亲说："那样的话可是无穷无尽的。"

吕不韦就花了好多金子，去结交那些监视异人的人，跟异人来往也越来越密切。有一天，他对异人说："秦王已经上了年纪了，令尊眼瞧着就要即位，即了位，就要立太子。他心爱的华阳夫人又没有儿子，这一来，您二十几位兄弟全是将来候选的太子。您怎么不回去好好伺候华阳夫人呢？要是她收您当个儿子，那将来的太子不就是您了吗？"

异人抹着眼泪，说："能回家，我就心满意足了，哪还敢有这种想法？"吕不韦说："我拿出几千两金子来，替您想个法子，叫太子和华阳夫人来接您，怎么样？"异人连忙给吕不韦跪下，说："要是你能这么办，我将来决不忘你的好处！"

吕不韦到了咸阳，先去拜见华阳夫人的姐姐，送了她好多值钱的礼物；另外又拿出一大包金子和玉璧之类，托她转送给华阳夫人。他说那些礼物都是王孙异人托他带来孝敬夫人和姨母的。姨母一见这些东西，高兴得了不得，赶紧就问："异人这孩子挺好吧？"吕不韦说："赵王因为秦国攻打邯郸，气得要杀王孙，幸亏赵国的大臣都护着他，一个劲儿地给他说情，总算是保住

了命。"她问："他们为什么待他这么好？"吕不韦说："王孙是个有才学又有孝心的人，赵国人没有不知道王孙的。每逢太子和夫人生日那一天，王孙总会冲着西边磕头拜寿。见到的人都说他是个孝子。他素日又喜欢结交天下豪杰。各国诸侯和他们的大臣差不多都跟王孙有点儿交情。他们哪儿能让赵王杀他呢？"

吕不韦见她有点儿喜欢异人，很高兴，接着说："令妹华阳夫人得到太子的宠爱，可真有福气。可惜她跟前没有儿子，以后可得依靠谁呀？如今王孙能这么孝顺她，跟亲生的儿子有什么两样？夫人要是能够认了他，不就有儿子了吗？王孙也就有了娘，这真是一举两得！夫人若得着这么个孝顺又有才学的儿子，日后可有享不完的福喽！"

华阳夫人的姐姐挺赞成吕不韦这个主意。当即就找妹妹去说了这件事，还逼着她去接异人。华阳夫人果然同意了，就去求她的丈夫安国君。安国君虽说有好多儿子，可是架不住华阳夫人一味地撒娇，便答应把异人立为嫡子。他喊吕不韦来，对他说："我想把异人接回来，你有什么办法没有？"吕不韦说："太子真要把王孙异人立为嫡子，我情愿倾家荡产去跟赵王的左右联络，一定想办法把他弄回来。"

太子和夫人就叫吕不韦去办这件事，还给了他三百斤金子。华阳夫人一高兴，自己又加了一百斤。吕不韦回到邯郸，把太子安国君要立他为嫡子的喜讯告诉了异人，把太子和夫人叫他带来的金子交了。异人就好像快要干死的花儿被浇了水，立刻精神百倍，有说有笑的了。他叫吕不韦去结交赵王的左右，还求他做媒，打算成家了。吕不韦真给他找了个大户人家的姑娘叫赵姬。王孙异人娶了这位姑娘，挺如意。年轻的小两口儿，恩爱得了不得。过门十个多月，赵姬就给异人生了个胖小子，因为他生在赵国，便起名叫赵政，也就是后来大名鼎鼎的兼并六国、统一中原的秦始皇。

　　那时候，秦国正围困着邯郸，楚国的兵马驻扎在武关，魏国的兵马驻扎在邺下。转眼间赵政已经两岁了。一天，吕不韦对王孙异人说："万一

赵王把气撒到您身上，真要把您害了，可怎么办呢？我瞧赵国跟秦国一时半会儿不能讲和，咱们还是想法跑吧。"异人说："这件事全仗先生了！"

吕不韦送了三百斤金子给一位把守南门的将军，说："我不是本地人，在这儿做买卖，全家都在城里，早就想回老家去。可秦国围上了邯郸，弄得我要走也走不了。家里老老少少吵着要回老家去。如今我把手上所有的钱全交给您，请您向各位将士求个方便，放我一家老小出城。"将士们受了贿，就把他们放出去了。

吕不韦和异人一家大小，连夜逃跑。天刚亮，被秦国哨兵逮住了。见了王龁，王龁把他们送到行宫去见秦昭襄王。秦昭襄王挺高兴地说："太子很想念你，难为你逃出了虎口，你们赶紧回咸阳去吧。"吕不韦带着异人、赵姬和赵政到了咸阳。他先打发人去告诉安国君，又叫异人换上楚国的服装，异人拜见了父亲安国君和华阳夫人，抽抽搭搭地哭着说："儿子不孝，不能伺候二老，直到今天才回来，请宽容我的罪过！"

华阳夫人一见他那装束，挺纳闷儿地问他："你在邯郸住着，怎么穿楚国的衣裳？"异人立刻禀告说："我天天想念母亲，特地做了这套衣裳。"华阳夫人乐得眼睛眯成了一道缝儿，说："我是楚国人，你也喜欢这么打扮，真是我的亲儿子。"安国君巴不得讨好心爱的夫人，就对异人说："好，从今天起，你就算是夫人亲生的，改个名字叫子楚吧！"子楚立刻向他父亲、母亲磕头。

安国君感激吕不韦对异人的救命之恩，当即赏了他两千亩地，一座大宅和五十斤金子。承诺等秦王回国，再封他官职。子楚就住在华阳夫人的宫里，等着秦昭襄王回来。

奇货可居

这个成语出自《史记·吕不韦列传》："吕不韦贾邯郸，见（子楚）而怜之，曰：'此奇货可居。'"

奇货，稀有的货物；居，储存。成语的意思是把稀有罕见的货物囤积起来，寻找机会等价高再卖出去。

后来，"奇货可居"被用来比喻把某种有价值的东西作为资本，寻找时机，以捞取名利和地位。

xū zuǒ yǐ dài

虚左以待

　　有个人叫侯嬴，他是看守大梁东门的一个小官儿，已经七十多了，家里挺穷。别人就知道他是个看城门的，可魏国信陵君知道他是个隐士，想着办法要把他收到自己的门下。可是侯嬴不理他。

　　有一天，信陵君亲自去拜访，还给他二十斤金子作为见面礼。侯嬴推辞说："我向来吃苦耐劳，安分守己，如今我已经老了，更犯不上改变主意。"信陵君只得请求他，说："那请先生定个日子，让我请一回客，也可以稍微表表尊敬先生的一点儿心意。无论如何，请先生赏脸！"侯嬴不好再推辞，就答应了他。

　　到了那天，信陵君大摆酒席，所有魏国的贵族、大臣和自己家里最体面的门客都请来了，乱哄哄地聚在大厅里。信陵君请他们坐下，官职大的坐在上手，官职小的坐在下手，留下一个最高的位子空着。他请客人们等一等，自己赶着车带了几个下人，上东门去请侯嬴。侯嬴果然在那儿。他就上了车，坐在正座上。信陵君拿着鞭子坐在旁边给他赶车。

他们过了一道街，侯嬴对他说："我有个朋友叫朱亥，住在附近的一家肉铺里。我想去瞧瞧他。公子能不能送我去一趟？"信陵君说："成，成！我跟先生一块儿去。"他们到了肉铺门口，侯嬴说："公子在车上等一会儿，我去跟朋友说几句话。"侯嬴下了车，见了朱亥，两个人就在柜台前坐下，你一言、我一语地聊起天来了。这两个人的屁股好像是江米做的，粘在那儿就不起来。侯嬴回头瞧瞧信陵君，见他还是拿着马鞭子老老实实地等在那儿。他想："你不催我，我索性再坐一会儿。"信陵君那几个手下等得不耐烦了，背地骂着："讨厌的老头子！今天算

咱们倒霉，饿着肚子在这儿死等！"这些人嘟嘟囔囔地埋怨着，侯嬴听见了，他也不跟他们计较。

街上的人见了信陵君的车马在肉铺门口等着，还以为那个朱亥出了什么乱子，都来看热闹。大伙儿往里一瞧，发现铺子里的两个人好像没事人似的闲谈着，都很纳闷儿。后来他们听见这些人的骂声，才知道那个老头子实在太讨厌了。大伙儿都替信陵君不服气，就喊喊喳喳地议论了。侯嬴只当没瞧见，又坐了好久，才跟朱亥起身告辞，上了车跟着信陵君一块儿走了。

这头，等着的客人们眼瞧着太阳都偏西了，还不见信陵君回来，都有点儿厌烦了，有的东拉西扯地瞎聊天，有的打哈欠，可是谁也不敢离开。信陵君留着的是礼遇最高的座位，那不是给大国的使臣留的吗？好容易大伙儿听到："公子接了客人回来了！"他们一齐站了起来，低着脑袋耷拉着手，恭恭敬敬地站在那儿。赶到了跟前，他们抬头一瞧，原来是个衣裳破烂的老头儿。他们还以为自己瞧花了眼，赶紧又眨巴眨巴眼睛，再细细瞧瞧，可不就是个白胡子的糟老头吗？

信陵君引荐了侯嬴，请他坐在上位。侯嬴也不推让，一屁股就坐下来。这时候，大伙儿才算连吃带喝地活动起来了。信陵君斟了一杯酒，端到侯嬴面前，向他敬酒祝寿。侯嬴接过酒杯，说："我不过是个看守城门的小卒子，承蒙公子下顾，已经够荣幸的了。又叫公子在街上等了挺大的工夫，这实在太过分了。可是我为什么要这么干呢？街上的人都替您不服气，说我不识抬举，还骂我是个讨厌的老废物。这就行了。他们越骂我，就越称赞公子；看公子这么礼贤下士，就越把公子当作了不起的人物。就拿今天在座的各位贵宾来说吧，哪一位不佩服公子殷勤好客的热心呢？"

从这儿起，侯嬴就做了信陵君的贵宾，信陵君有事情拿不了主意，总要先听取侯嬴的意见。

虚左以待

成语出自《史记·魏公子列传》："公子于是乃置酒大会宾客。坐定，公子从车骑，虚左，自迎夷门侯生。"

虚左，空着左边的位置。古时礼仪主人居右，宾客居左，左为尊位。

后来，"虚左以待"指空出尊位等候尊贵的客人。也指空出高位，招揽有能力的人才。

图穷匕见
tú qióng bǐ xiàn

公元前241年，东方六国，除了齐国以外，赵、韩、魏、燕、楚，都出兵加入了合纵阵营，公推楚国为领袖，拜春申君黄歇为上将军，浩浩荡荡地杀奔函谷关。秦国的丞相吕不韦派蒙骜（ào）、王翦（jiǎn）、桓齮（yǐ）、李信、内史腾五个大将，每人带着五万兵马，分头去对付五国的军队。

王翦准备集中力量先去袭击楚军。他暗中调动兵马，打算连夜进攻。没想到这计策被一个手下人偷偷透露给了春申君。春申君吓得魂不附体，都来不及通知一下其他四国，就立刻退兵，连夜跑了五六十里地。其他四国的将士们听说领头的楚军跑了，全泄了劲，瞧见秦国的兵马就好像耗子见了猫似的撒腿就跑。至此，合纵抗秦画上了句号。楚国逐渐没落，秦国想要兼并各国变得更为顺利了。

秦王政为了攻打赵国，假意跟燕国和好，以破坏燕赵联盟。燕王喜就派燕太子丹到秦国去做人质。太子丹在秦国待了好些年，眼看着秦国屡次侵犯燕国，他想：秦王决心要兼并列国，哪能放我回去呢？于是就找了个机会，换了一身破衣裳，打扮成穷人的样子，一步步离开咸阳，混出了函谷关，跑回了燕国。可是他不从发展生产、操练兵马着手，也不想联络诸侯共同抗秦。他把燕国的命运全都寄托在了刺客身上，把所有的家当全拿出来收买能刺秦王的人。

那时候，有个罪犯叫秦舞阳，太子丹挺佩服他有胆量，就把他救出来，收在自己的门下。这一来，燕太子丹优待勇士的名声可就传遍了燕国，连藏在燕国深山里当初造反的那个秦国将军樊於期（於 wū）也知道了，他大胆地出来投奔了太子丹。

这时，有人向燕子丹推荐了一位剑客，叫荆轲。太子丹以很高的礼遇招待了他。荆轲问："太子打算怎样去抵抗秦国呢？"太子丹说："就算把燕国所有的士兵都会合在一起，也抵不上秦国的一队人马呀！要拿兵力去对付秦国，那简直就像拿鸡蛋去砸石头。去联合各国的诸侯吧，韩国和赵国已经完了；魏国和齐国向来是归顺秦国的；楚国离着又远，没法派人来。合纵抗秦是办不到了。我想：要是能有一位天下的勇士，打扮成使臣去见秦王。等他站在秦王面前，逼他退还诸侯的土地。秦王要是答应了，再好不过；要是不答应，就把他刺死，这是没有办法的办法。先生看行不行？"

荆轲说："这是国家大事，还得斟酌斟酌！"太子丹再三请求，荆轲就答应了。可是他还不能马上动身。太子丹就在旁边盖了一所房子，叫荆公馆。自己挺小心地伺候着荆轲。有一天，太子丹慌里慌张地来见荆轲，对他说："秦王派王翦再次发兵，已经到了燕国南部的边界上。先生快想个办法吧！再耗下去，我怕咱们有力也没处使了。"

荆轲说："我早就仔细想过了。要想靠近秦王，必得先叫他相信咱们是跟他去求和的。秦国早想得到燕国最肥沃的土地督亢（dū gāng）。我要是能够拿着督亢的地图去献给秦王，他一定喜欢，也许能叫我当面见他。"太子丹答应了。

荆轲背地里找到了樊於期，对他说："秦王害死了将军的父母宗族，将军不想报仇吗？"樊於期一听这话，当时眼泪就掉了下来。他叹息着说："我一想起秦王，就恨得连骨髓都疼。我恨不得跟他拼命去，可是哪里办得到呢？"荆轲说："我倒有个主意能够解除燕国的祸患，还能够替将军报仇。可就是说不出口。"樊於期连忙追问，荆轲刚一张嘴就又闭上了。樊於期见他话到嘴边又咽回去，催他说："只要能够报仇，就是要我的脑袋，我也乐意。你还有什么说不出口的呢？"荆轲说："我打算去行刺，怕的是不能面见秦王，我要是能拿着将军的头颅去献给他，他准能见我。到时，我趁机拿刀扎向他，这一来，将军的仇、燕国的仇、各国诸侯的仇，可就全报了。"樊於期咬牙切齿地说："我天天想着报仇，你还怕我舍不得这颗头颅吗？拿去！"说着，他拔出宝剑来自杀了。

荆轲派人去通知太子丹，太子丹急忙跑来，趴在樊於期的尸首上呜呜地哭了一阵。他叫人好好地把尸身安葬了，头颅装在一只木头匣子里交给荆轲，又送给他一把顶名贵的匕首。匕首用毒药煎过，只要秦王被刺破一丝皮肉，就会立刻死去。太子丹问他："您打算什么时候动身呢？"荆轲说："我有个朋友叫盖聂（gě niè），我在等他呢，我想叫他做个帮手。"太子丹着了急，说："我这儿也有几个勇士，其中秦舞阳最有能耐。不然，就叫他当个帮手吧！"

荆轲见太子丹这么心急，盖聂又不知道在什么地方，樊将军的脑袋已经割下来了，不能多搁，就决定动身。送行那天，太子丹和几个心腹偷偷地送他们到了易水，挑了一个僻静的地方摆上酒席。喝酒的时候，太子丹忽然脱去外衣，摘去帽子，别的人也都这么做了。一刹那，他们变成了全身穿孝的了。大家伙儿特别悲伤。荆轲的朋友高渐离拿着筑（zhù，古时候的一种用竹尺敲击的乐器）奏着一首悲哀的歌。荆轲按照拍子，对着天吐了一口气，唱着：

风萧萧兮易水寒，
壮士一去兮不复还！

太子丹斟了一杯酒，跪着递给荆轲。荆轲接过来，一口喝下去，伸手拉着秦舞阳，蹦上了车，头都不回，飞也似的去了。

公元前 227 年，荆轲到了咸阳，通报上去。秦王一听燕国的使臣把樊於期的人头和督亢的地图都送来了，就叫荆轲来见他。荆轲捧着樊於期的脑袋，秦舞阳捧着督亢的地图，一步步地上了秦国朝堂的台阶。

秦舞阳一见秦国朝堂那么威严，不由得害怕起来了。

荆轲刺秦王用的匕首

相传，荆轲刺秦王所用兵器为徐夫人匕首。

徐夫人，姓"徐"，名"夫人"，却是一位堂堂的男子汉，他是战国时期赵国的铸剑名家，以藏锋利的匕首而闻名。

燕太子丹得到了徐夫人匕首，命人用毒药浸过，用来做实验，匕首划破皮肤，血沾湿衣褛，没有不立即死亡的。

秦王的左右一见，喝了一声，说："使者干吗脸变了颜色？"荆轲回头一瞧，就见秦舞阳的脸又青又白跟死人差不多。他只得磕了一个头，对秦王说："他是北方的粗鲁人，从来没见过大王的威严，免不了有点儿害怕。请大王原谅。"秦王防着他们不怀好意，就对荆轲说："叫他退下去！你一个人上来吧。"荆轲心里直怪秦舞阳不中用，只好独自捧着木头匣子献给秦王。秦王打开一瞧，果然是樊於期的脑袋。他就叫荆轲拿过地图来。

荆轲回到台阶下面，从秦舞阳的手里接过了地图，回身又上去了。他把那一卷地图慢慢打开，一个地方一个地方地指给秦王瞧。末了，卷在地图里的匕首可就露出来了。秦王一见，立刻蹦起来，荆轲连忙抓起匕首，

扔了地图，左手揪住秦王的袖子，右手扎了过去。秦王使劲地向后一转身，那只袖子就断了。他一下子蹦过了旁边的屏风，刚要往外逃，荆轲拿着匕首追了上来。秦王一见跑是跑不了，躲也没处躲，就绕着朝堂上的大铜柱子跑，荆轲紧紧地逼着。两个人好像走马灯似的直转悠。

台阶上面站着的几个文官全都手无寸铁；台阶下面的武士，照秦国的规矩没有命令不准上去。荆轲逼得那么紧，秦王只能绕着柱子跑。他身边虽然带着宝剑，可是连拔出来的那一点儿工夫都没有。有一两个文官拉拉扯扯地想去拦挡荆轲，全被他踢开了。其中有个伺候秦王的医生，拿起药罐子对准荆轲砸过去，荆轲拿手一扬，那药罐子碰得粉碎。秦王就趁着这一眨眼的工夫，拼命拔那把宝剑。可是心又急，宝剑又长，怎么也拔不出来。

有个手下人嚷着说："大王快把宝剑拉到后脊梁上，就能拔出来了！"秦王就按照他的话，真就把宝剑拔出来了。他手里有了宝剑，胆子可就壮起来了。他往前一步，只一剑就砍去了荆轲的一条腿。荆轲站立不住，一下子倒在铜柱子旁边，拿起匕首直向秦王扔了过去。秦王往右边一闪，那把匕首从耳朵旁边擦过去，打在铜柱子上，嘣的一声，直冒火星儿。秦王跟着又向荆轲砍了一剑，荆轲用手去挡，砍掉了三个手指头。荆轲苦笑着说："算你走运！我本来想先逼你退还诸侯的土地，因此，没早下手。你专仗武力并吞天下，不会长了！"秦王一连气又砍了荆轲几剑，结果了他的性命。那个站在台阶底下的秦舞阳早就被武士们剁烂了。

图穷匕见

这个成语出自《战国策·燕策三》："轲既取图奉之，发图，图穷而匕首见。"

图，地图；穷，尽；见，显现。荆轲把匕首卷在地图中刺杀秦王，不中，荆轲被杀。

"图穷匕见"后来比喻事情发展到最后，真相或本意显露了出来。

tiān xià yì tǒng

天下一统

秦王政差点儿死在荆轲手里，他恨透了燕国，当时就派大将王翦（jiǎn）和王贲（bēn）父子二人加紧攻打燕国。燕太子丹亲自带领兵马出城交战，被秦军打得稀里哗啦。燕王喜和太子丹带着一部分兵马和百姓退到了辽东。秦王非要把太子丹拿住不可，燕王喜被逼得无路可走，只得杀了太子丹，向秦王谢罪求和。

秦王就问谋士尉缭这事应当怎么办。尉缭说："北方挺冷，将士们受不了这苦，不如暂且退兵。燕国已经搬到辽东，赵只剩了一个代城，他们还能干得了什么呢？不如先去收服魏国和楚国。把这两国收服了，辽东和代城自然也就完了。"

秦王就把北方的军队撤了回来，又派王贲为大将，带领十万大军去打魏国。

魏王假派人去跟齐王建联络，请他发兵来救。可是齐国的大权掌握在相国后胜手里，他早已收到了秦国的好处，就说："秦国向来没亏待过咱们，咱们哪能平白无故地去得罪秦国呢？"齐王建认为别人家打仗，他还是不去过问好。他不帮魏国，也不帮秦国，省得得罪了其中的一边。他不答应魏国的请求，魏国只好独自去对付秦国。

公元前225年，大将王贲利用雨季水淹大梁城，顺利地灭了魏国。他把魏王假和魏国的大臣全拿住，装上囚车，派人押往咸阳。接下来，秦王打算去攻打楚国。他问大将李信要用多少人马。李信说："也就是二十万吧。"秦王点点头。他又问老将军王翦。王翦回答说："二十万人去打楚国不行！照我说，非六十万不可。秦王一想："年纪大的人到底胆儿小。"他就拜李信为大将，蒙武为副将，带着二十万兵马往南方去。王翦推说有病，告老还乡了。

李信和蒙武碰见了楚国的大将项燕，打了败仗，将军死了七个，士兵死伤无数。秦王大怒，把李信革了职，亲自出面请回了王翦，拜他为大将，拨给他六十万人马去打楚国。

王翦的大军到了天中山，在那儿驻扎下来。楚国的大将项燕，带了二十万兵马，副将景骐也带了二十万兵马，两路一共四十万兵马，不光来抵挡，还直跟王翦挑战。王翦反倒叫将士们建筑堡垒，不跟楚国人交手，对于楚国军队的挑战，他压根儿就不去搭理。

这样过了一年多，项燕没法跟秦国交手。他想："王翦原来是上这儿来驻防来了。"他就没怎么把秦国的军队放在心上。没想到在楚国人没有防备的时候，秦国的军队排山倒海似的，冲了过来。楚国的士兵晕头涨脑，手忙脚乱地抵抗了一阵，各自逃命。项燕和景骐带着败兵一路逃跑。兵马越打越少，地方越丢越多。楚国的副将景骐急得自杀了。剩下楚王负刍当了秦国的俘虏。

项燕重新招募了两万五千名壮丁，到了徐城，碰见了逃命的楚王的兄弟昌平君，报告了楚王被掳的消息。项燕说："吴、越有长江可以防御敌人，地方一千多里，还能够立国。"他就率领着大伙儿渡过长江，立昌平君为楚王，准备死守江南。

王翦知道了昌平君和项燕退守江南，就叫蒙武造船。第二年，王翦已经造好了不少战船，训练了几队水兵，渡过长江，攻打吴、越。到了这时候，楚国已经无力再挣扎了。昌平君在混战的时候，被乱箭射死，大将项燕见一败涂地，叹了口气，只好自杀了。

王翦灭了楚国，得胜回朝，就向秦王告老还乡。秦王拜他儿子王贲为大将，去收拾赵国和燕国的残余。公元前222年，王贲打下辽东，逮住了燕王喜，把他送到咸阳去。燕国亡了。接着他就进攻代城，代王嘉兵败自杀，赵国亡了。

如今光剩下一个齐国了。秦王挺高兴，亲自给王贲写了一封信，大意说：将军一出兵，就把燕国和赵国平了，劳苦功高和令尊不相上下。请将军顺便到齐国去一趟，再发挥一下威力，打下齐国，中原就能够统一了。

王贲看完了这封信，就领着军队去了齐国。齐王建一向不敢得罪秦王，每回列国中有谁来求救，他总是婉拒。他放心地把"和好"作为靠山，死心塌地地听秦国的话。等到韩、魏、楚、燕、赵五国都被秦灭了，齐王建这才害怕起来，跟后胜商量派兵去守西部的边界。可是已经太晚了。公元前221年，几十万秦国军队好像泰山一样压下来。多年没打过仗的齐国的兵马哪里抵挡得住呢？这时候，齐王建才想起来向各国去求救，可是各国早已完了。王贲的大军长驱直取，毫无阻挡，没几天工夫就到了临淄。齐王建只好投降。

齐国一亡，范雎和尉缭的"远交近攻"的计策完全

成功了。打这儿起，六国全归并到秦国，天下一统。东周列国，经过了五百年的变迁，才合成了一个大国。

秦王统一了六国，首先要做的就是改变国家的制度。他认为自己是中国头一个皇帝，就叫"始皇帝"。以后就用数字计算：第二个皇帝就叫"二世"，第三个叫"三世"……这么下去一直到万世，没结没完。他又叫玉器工匠刻了一枚大印，算是皇帝的玉玺。那玉玺刻好之后，大臣们全都给秦始皇庆贺，听他的新命令。

秦始皇废除了周朝分封诸侯的制度，改为郡县制，把天下分为三十六郡，郡下面再分县。每个郡由朝廷直

孟姜女的传说

相传秦始皇修建长城时，劳役繁重。青年范喜良刚和妻子孟姜女新婚三天，就被拉去修筑长城，不久后因饥寒劳累而死，尸骨被埋在长城墙下。

孟姜女历尽艰辛，万里寻夫来到长城边，得到的却是丈夫累死的噩耗。她悲痛欲绝，在长城下痛哭三天三夜，这段长城竟然坍塌，露出了范喜良的尸骸，孟姜女安葬范喜良后于绝望之中投海而亡。

接任命三个最重要的官长，就是郡守、郡尉和郡监。郡守是一郡中最主要的官长；郡尉是个武官，在郡守的下头，管理治安，全郡的军队也由他统领；郡监执掌监察的事情。三十六郡全是这么统治的。

全国行政机构都统一了，办起事情来当然提高了效率，可是过去的许多毛病也就显露出来了。秦始皇下决心来个大改革。

在秦始皇统一中原以前，列国诸侯向来就没有统一的制度。就拿交通来说吧。各国都有车马，也都有通车马的道儿，可是道儿有宽有窄，车辆有大有小。秦始皇一面改造车辆，一面赶修"驰道"。改良交通这件事，挺容易就办到了。

　　交通一方便，商业跟着就发达起来了。商业一发达，麻烦的事儿又多了。除了秦国以外，各地方的尺寸、升斗、斤两全不一样，使用的货币也不一样，为了通商的方便，秦始皇又统一了各国的度、量、衡和货币。这么一来，全国的老百姓可就方便得多了。

交通和商业发展了。可是还有一件多少年来挺难办的事情，也必须得改革一下，那就是中国的语言和文字。那时候各国间有着许多种不同的语言和文字，秦始皇费了挺大的力量，规定了"书同文"。

秦始皇统一六国，建郡县，修长城，统一货币、文字、度量衡，他把中国推向大一统的时代，奠定了中国两千余年政治制度的基本格局，是中国历史上一位具有划时代意义的传奇人物。

天下一统

一统，统一全国。经过纷乱的春秋战国，秦国一步步强大兴盛，到秦始皇时，他终于统一六国，一步步成为天下霸主。

后来，"天下一统"这个成语也指所有事情都被某人或某种势力所控制的局面。

时光之箭

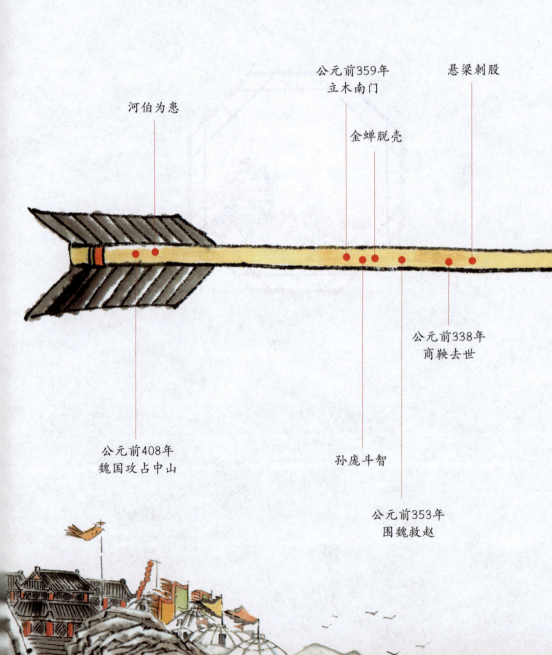

公元前359年
立木南门

悬梁刺股

河伯为患

金蝉脱壳

公元前338年
商鞅去世

公元前408年
魏国攻占中山

孙庞斗智

公元前353年
围魏救赵

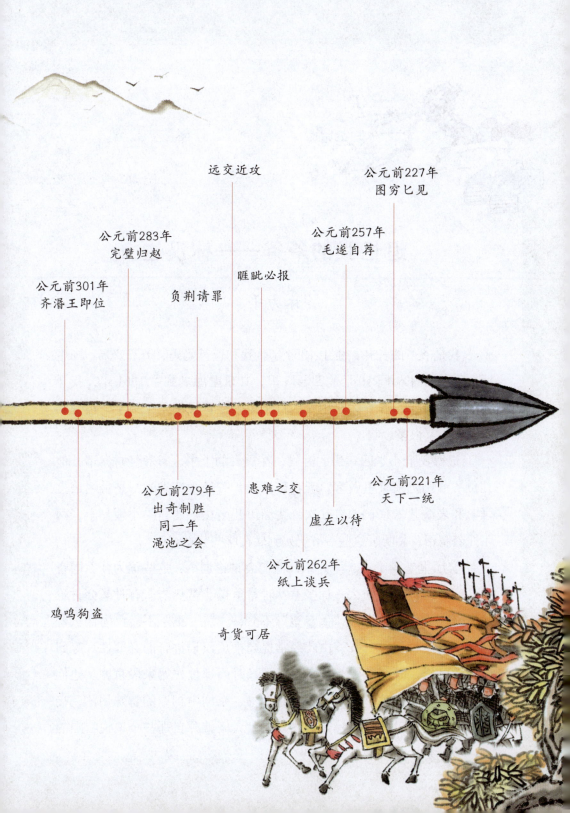

远交近攻

公元前227年
图穷匕见

公元前283年
完璧归赵

公元前257年
毛遂自荐

睚眦必报

公元前301年
齐湣王即位

负荆请罪

公元前279年
出奇制胜
同一年
渑池之会

患难之交

公元前221年
天下一统

虚左以待

公元前262年
纸上谈兵

鸡鸣狗盗

奇货可居

追忆我的爷爷——林汉达

林力平

　　我是爷爷的长孙，生于 1954 年。我和爸爸妈妈、爷爷奶奶一同生活在西单辟才胡同 10 号的四合院里，其乐融融。到了 1961 年，我开始上小学。在和爷爷朝夕相处的日子里，尽管我还是个孩子，也受到了他老人家很多影响。

　　记得我上小学四年级的时候，在周日的上午，爷爷经常邀请其他几位爷爷奶奶来家里做客。听我母亲说，爷爷邀请来的都是著名语言学家和表演艺术家们。有几次，我溜边儿坐在了墙角的小板凳上，两手托着腮帮，想听听这些爷爷奶奶到底在聊些什么。

　　客厅里坐满了人。一开始，他们会讨论词语：这些词为什么同音异义？那些词又为什么一词多意？时常争得非常热烈。有时又会讨论起方言：为什么上海人"头、豆"不分，"黄、王"不辨？为什么普通话没有这种现象？爷爷由此经常提起推广汉语拼音的必要性。等到吃饭的时候，时而这位爷爷来段评书，时而那位奶奶来段京剧。他们来上一段就骤然停下，互相探讨起评书、京剧中词语的特殊用法，接着再来下一段。我对国粹艺术的喜爱，大概就源自那些个说说唱唱的周末午后吧。

　　我最爱听的是快板书。爷爷讲不同节奏的竹板打法，就会产生不同的韵味，而不同的韵味可以用不同的方言来表达。我依然清晰地记得，自己跟妈妈闹着要去西单商场买一副竹板来学，妈妈爽快地同意了。以后在放学的路上，我总是兴奋地从书包里掏出崭新的大小竹板，迈开大步，两手打起了才学会的节拍：啪叽叽啪！啪叽叽啪！啪叽叽叽啪——叽叽啪！嘴里唱道："打竹板，迈大步，眼前来到个理发铺；理发铺，手艺高，不用剪子不用刀，一根一根往下薅，薅得脑袋起大包……"那些日子，着实过了好一阵瘾。

　　还记得我在西城二龙路上小学五年级的时候，连日风风火火地看完了一部《水浒传》，就常在自己的作文里夹上几句半文半白的话，"大喜、大惊、大怒"之类的词语，以为添了这些词儿，就一定有了长进。一天，在语文课上得到了老师的几句鼓励，心里挺高兴的。一放学，我就快步回到家里，一头栽进客厅，兴奋地把作文拿给正在写作的爷爷，心想，没准儿爷爷也能夸我几句呢！爷爷摘下花镜看了看我，微笑着接过作文稿，重又戴上花镜看了起来。不一会儿，爷爷耐心地对我说："力平，在白话文中夹用文言，不代表文章写得好，只能说明行文落后于时代。"爷爷眼瞧着桌对面的我正在发呆，就笑了笑说："以后做作文一定要语言通俗，从小养成这种习惯，可以用讲话时常用的那些短句子来表达自己

作者与爷爷、奶奶在一起

的想法，这样才能写出通顺的文章。"我懵懵懂懂地点了点头，爷爷看我好像听懂了一点儿，就建议我读一读他写的《东周列国故事新编》。

我那年十岁，看到爷爷在书中的序言里给自己定出了三个要求，作为语文学习的方向，那就是："通俗化、口语化、规范化"。后来爷爷又补充道："所说的三点要求，只是外表，还要在内容上有三性：即知识性、进步性、启发性。"我当时还理解不了这些话。不知过了多少个春秋，重温这段话语时，才使我茅塞顿开。

两年前，编辑与我一同探讨起爷爷的通俗历史故事改编问题。我们不约而同地认为，这样一套经典的文本应该以更丰富的样子给当下的儿童留下宝贵记忆，而成语恰恰是很好的一个切入口。现在，这些陪伴了我一个童年的历史故事要重新整理，以成语故事的形式出版了，我感到欣喜又温暖。欣喜的是，过了半个世纪，爷爷的历史故事仍在以全新的面貌影响着现在的孩子。温暖的是，我可以借着这套书，重拾起与爷爷相处的细碎记忆。

爷爷那一丝不苟、严谨治学的优秀品格；充满理性、富于睿智的教育思想；幽默风趣、文如其人的写作风格；胸怀坦荡、表里如一的君子品性，值得我们代代传承。

林力平，林汉达长孙。现任中国文艺评论家协会理事、民进中央文化艺术委员会委员、北京市朝阳区政协委员，曾任中国舞蹈家协会理论研究部主任。

千古兴亡事，一书一画中

王晓鹏

很庆幸，行走插画之路，会遇到像《林汉达成语故事》这样的一套书。

最初，我跟编辑老师商定画一套春秋战国史。文字上不戏说，图画上不逢迎，以简约朴素之态，还原一段真实的历史进程。

中国历史故事需要匹配中国绘画语言。当编辑提出用传统中国画来诠释的时候，我们都陷入沉思与困顿。用水墨画历史，当下的图书绘本市场尚属空白，孩子们能否理解计白当黑的构图呈现？家长能否接受皴擦点染的视觉传达？

说服我们的只有两点：文稿作者是已故学者林汉达先生，著名的教育家、文字学家、史学家。他的文字尊重史实，深入浅出带领孩子们了解历史发展进程；绘画语言选用传统水墨，以形写神，潜移默化教给孩子们体会中国独特的造型观和境界观。

百战旧河山，古来功难全。

面对千古兴亡事，在人物创作上，我不想做脸谱化处理。更多的，我会站在历史角度去重新认知每一位国君，每一个朝臣的人生境遇。

诸如伍子胥，过韶关一夜急白头，可怜；掘墓鞭尸倒行逆施，可叹；

成吴霸业挖眼自尽，可敬。

再如费无极，行事固然小人做派，但能成为楚平王的宠臣，外貌绝不可能蛇蝎鼠类。所以，纵是画奸臣我也不想獐头鼠目，而是做多个造型，或面慈心恶，或满脸城府，或筹谋在握，或伪扮无辜。多方比较，最终权衡，择取最适合其人性的版本。

无数的废稿和最后的"费无极"

古月照今尘，人事已成非。

历代君王朝臣距离我们年代已远，真实相貌无可考究，我只能查找资料，最大限度的还原历史。

诸如孙膑，我参照的是明代遗留的画像与小说绣像的综合。

明代遗留的孙膑画像

诸如西门豹，我参照的是临漳县邺令公园的西门豹雕像。

诸如信陵君，我参照的是东周人物绣像。

创作的过程是推翻与再造的循环反复，通常都是废纸一堆，成品寥寥。根据故事内容，先做铅笔草图，细思量，再琢磨，反复调整至满意时，再以生宣墨线勾描点皴，应物象形。黑白线稿确定后，继以传统国画颜料朱砂、石绿、赭石调以淡墨，随类赋彩。

铅笔草图　　墨线勾描　　随类赋彩

如今，这套《林汉达成语故事》春秋战国部分已上市，共分三册：《藏在春秋的成语》《隐身战国的成语》《躲在秦朝的成语》。看画学史，亲子共读。

一书在手，平生塞北江南，眼前万里江山。

王晓鹏，职业儿童插画家。倾力于将中国传统文化和元素植入当代儿童插画，以水彩、水墨为载体，营造清澄、纯真的童话意境。代表作有《传统节日里的故事》《汉字里的故事》等丛书。

成语 大闯关

这本书里有多少个成语？你知道下面这些成语或典故的意思吗？你会正确地运用它们吗？快来接受考验吧！

河伯为患

这个典故出自：＿＿＿＿＿＿＿＿＿＿＿＿＿＿

故事里的关键人物是：＿＿＿＿＿＿＿＿＿＿＿

它的意思是：＿＿＿＿＿＿＿＿＿＿＿＿＿＿＿

孙庞斗智

这个典故出自：＿＿＿＿＿＿＿＿＿＿＿＿＿＿

故事里的关键人物是：＿＿＿＿＿＿＿＿＿＿＿

它的意思是：＿＿＿＿＿＿＿＿＿＿＿＿＿＿＿

围魏救赵

这个成语出自：＿＿＿＿＿＿＿＿＿＿＿＿＿＿

故事里的关键人物是：＿＿＿＿＿＿＿＿＿＿＿

它的意思是：＿＿＿＿＿＿＿＿＿＿＿＿＿＿＿

悬梁刺股

这个成语出自：＿＿＿＿＿＿＿＿＿＿＿＿＿＿

故事里的关键人物是：＿＿＿＿＿＿＿＿＿＿＿

它的意思是：＿＿＿＿＿＿＿＿＿＿＿＿＿＿＿

鸡鸣狗盗

这个成语出自：＿＿＿＿＿＿＿＿＿＿＿＿＿＿＿＿＿

故事里的关键人物是：＿＿＿＿＿＿＿＿＿＿＿＿＿

它的意思是：＿＿＿＿＿＿＿＿＿＿＿＿＿＿＿＿＿＿

狡兔三窟

这个成语出自：＿＿＿＿＿＿＿＿＿＿＿＿＿＿＿＿＿

故事里的关键人物是：＿＿＿＿＿＿＿＿＿＿＿＿＿

它的意思是：＿＿＿＿＿＿＿＿＿＿＿＿＿＿＿＿＿＿

出奇制胜

这个成语出自：＿＿＿＿＿＿＿＿＿＿＿＿＿＿＿＿＿

故事里的关键人物是：＿＿＿＿＿＿＿＿＿＿＿＿＿

它的意思是：＿＿＿＿＿＿＿＿＿＿＿＿＿＿＿＿＿＿

完璧归赵

这个成语出自：＿＿＿＿＿＿＿＿＿＿＿＿＿＿＿＿＿

故事里的关键人物是：＿＿＿＿＿＿＿＿＿＿＿＿＿

它的意思是：＿＿＿＿＿＿＿＿＿＿＿＿＿＿＿＿＿＿

负荆请罪

这个成语出自：＿＿＿＿＿＿＿＿＿＿＿＿＿＿＿＿＿

故事里的关键人物是：＿＿＿＿＿＿＿＿＿＿＿＿＿

它的意思是：＿＿＿＿＿＿＿＿＿＿＿＿＿＿＿＿＿＿

远交近攻

这个成语出自：_____

故事里的关键人物是：_____

它的意思是：_____

睚眦必报

这个成语出自：_____

故事里的关键人物是：_____

它的意思是：_____

金蝉脱壳

这个成语出自：_____

故事里的关键人物是：_____

它的意思是：_____

纸上谈兵

这个成语出自：_____

故事里的关键人物是：_____

它的意思是：_____

毛遂自荐

这个成语出自：_____

故事里的关键人物是：_____

它的意思是：_____

奇货可居

这个成语出自：＿＿＿＿＿＿＿＿＿＿＿＿＿＿

故事里的关键人物是：＿＿＿＿＿＿＿＿＿＿＿＿

它的意思是：＿＿＿＿＿＿＿＿＿＿＿＿＿＿

虚左以待

这个成语出自：＿＿＿＿＿＿＿＿＿＿＿＿＿＿

故事里的关键人物是：＿＿＿＿＿＿＿＿＿＿＿＿

它的意思是：＿＿＿＿＿＿＿＿＿＿＿＿＿＿

图穷匕见

这个成语出自：＿＿＿＿＿＿＿＿＿＿＿＿＿＿

故事里的关键人物是：＿＿＿＿＿＿＿＿＿＿＿＿

它的意思是：＿＿＿＿＿＿＿＿＿＿＿＿＿＿

立木南门

这个成语出自：＿＿＿＿＿＿＿＿＿＿＿＿＿＿

故事里的关键人物是：＿＿＿＿＿＿＿＿＿＿＿＿

它的意思是：＿＿＿＿＿＿＿＿＿＿＿＿＿＿